»Bürger Ausreißer« nennen den 50jährigen Kostjukow die Hubschrauberpiloten, die ihn seit Jahren in die entlegensten Winkel des Landes bringen. Auf der Flucht vor zu intensiven Bindungen stürzte sich Kostjukow in immer neue Abenteuer. Keiner Arbeit verschrieb er sich je mit Haut und Haaren, keine Frau konnte ihn halten. Wenn es zu heiß wurde, machte er sich aus dem Staub. Nur seine unehelichen Söhne sind ihm ständig auf den Fersen, verlangen Geld oder wollen einfach in der Nähe ihres romantischen Idols sein. Erst kurz vor seinem Tod findet Kostjukow die Kraft, sich einzugestehen, daß seine Berührungsängste stets alles zerstört haben. Nun quält ihn der Gedanke, nicht einmal zu elementaren menschlichen Kontakten fähig gewesen zu sein.

Wladimir Makanin (geb. 1937) lebt in Moskau und hat sich in den letzten Jahren zu einem der interessantesten sowjetischen Gegenwartsautoren profiliert. Seine Werke lösen bei Lesern und Literaturkritik oft heftige Debatten aus. In der DDR sind bisher seine Romane »Alte Bücher oder Das Porträt einer jungen Frau«, 1979, »Der Wunderdoktor«, 1984, und »Der Mann mit den zwei Gesichtern«, 1986, sowie die Erzählungen »Der Mann aus der ›Suite‹«, 1985, und »Wo der Himmel die Hügel berührt«, 1986, erschienen. Ursprünglich ein Schüler Juri Trifonows, sieht Makanin die Problematik des Großstadtalltags aus dem Blickwinkel der nachrückenden Generation. Er bringt seine Figuren meist in ungewöhnliche Situationen, die sie aus ihrem eingefahrenen Trott herausreißen und über ihr bisheriges Leben nachdenken lassen. Makanin erzählt mit ironischer Distanz, ohne dabei seine innerlich zerrissenen Helden zu denunzieren.

›Volk und Welt Spektrum‹ 221
Erzählungen

Wladimir Makanin

Der Ausreißer

Verlag Volk und Welt
Berlin

Aus dem Russischen von Harry Burck
und Ingeborg Kolinko

ISBN 3-353-00125-5

1. Auflage

L. N. 302, 410/11/87

Printed in the German Democratic Republic

Einbandentwurf: Lothar Reher
Lichtsatz: INTERDRUCK Graphischer Großbetrieb Leipzig – III/18/97
Druck und Einband: LVZ-Druckerei »Hermann Duncker«, III/18/138
LSV 7201
Bestell-Nr. 648 719 2
00380

Der Ausreißer

1

Die Menschen lebten ihr Leben, diese drei aber waren verloren.

Zu all den Nöten seines Daseins hatte gerade noch der ekelhafte Gedanke gefehlt, daß er, Pawel Alexejewitsch Kostjukow, sein Leben lang immer nur zerstört habe. Die scharfe Bemerkung nagte an ihm, bereitete ihm Unbehagen. (Irgendein Idiot, selber so ein Scharfer, Junger, hatte sie am Lagerfeuer fallenlassen, hatte sich ereifert, mit den Händen gefuchtelt ... »Machen Sie sich nichts draus, Pawel Alexejewitsch. Wir reißen doch auch immer aus.«

Ganz raffiniert hatte er sein Gespött mit ihm getrieben, ihn verhöhnt! Junger Spund dieser, und nimmt den Mund schon so voll!) Zum Glück sind abstrakte Worte rasch vergessen. Und wie viele solcher Gedanken in Vergessenheit geraten sind, so wird auch dieser vergessen werden. Es wird nicht der letzte sein.

Leicht hinkend wanderte er am Bach entlang und sah auf Anhieb überall menschliche Spuren: Dieser Boden war schon betreten! Links von der Senke aber entdeckte er (ebenfalls ohne die geringste Mühe) ein ausgedehntes Gelände, auf das noch niemand seinen Fuß gesetzt hatte. Die Unberührtheit wehte ihn an wie ein Duft. Gierig starrte er auf den Jungwald, auf die natürliche Ansammlung von Stämmen, aber nichts regte sich, so als existierten er, Pawel Alexejewitsch Kostjukow, und sein Blick überhaupt nicht. Er schaute; mit ganzer Seele zog es ihn dorthin, doch nicht mal ein Grashalm rührte sich: Der Jungwald träumte still vor sich hin ... Und hätte man Kostjukow, sei's auch im Scherz, gesagt, der Mensch sei im wesentlichen so beschaffen, daß er genau das zerstöre, was er liebt, hätte man ihm am Feuer *das* gesagt, er hätte es wahrscheinlich geglaubt und sogar auf sich bezogen als etwas, was er verstand. Schließlich war er auch ein Mensch.

»Hierher!« rief er den Hund.

Das Tier war ihm vom Wohnheim an gefolgt. Die unbetretene Region lockte: Das Unterholz gab nur einen kleinen Blick auf ein völlig unberührtes Massiv von hohen Bäumen frei. Kein Lichtschimmer drang durch die Zweige. Das mußte untersucht werden! Kostjukow wandte sich um, pfiff den Hund gebieterisch zu sich und schickte ihn unter anfeuernden Rufen vor. Der Hund raste bellend auf die dichten Stämme zu, hielt aber vor dem Dickicht plötzlich inne, drehte um und kehrte, als begriffe er nicht, zu Kostjukow zurück.

»Du Schwindler, du hast genau kapiert!« fuhr er den Köter an und scheuchte ihn noch einmal zum Wald – der Hund widersetzte sich.

Kostjukow lachte heiser auf. Er wußte: Am Abend, im Zimmer, wenn er sich, das Gesicht zur Wand gekehrt, kurz vorm Einschlafen fester in die Wohnheimdecke wickelte, würde er noch einmal daran denken, wie der Hund den Rückzug angetreten hatte.

»Mach, daß du wegkommst! He, mach schon!«

Er schwenkte die Arme, verscheuchte den Hund.

Hätte der Klugschnabel am Lagerfeuer auch nur einen Augenblick ernsthaft darüber nachgedacht, daß die Menschen insgesamt gar keine Suchenden sind und nie welche waren, er hätte nicht solche Lippe riskiert, sinnierte Kostjukow. Darin liegt Wahrheit, eine ungute Wahrheit; die Menschen greifen deshalb immer nach Neuem, weil ihnen die eigene Vergangenheit unter den Füßen brennt. Vielleicht haben sie nie etwas gesucht, wollen auch nichts suchen, sondern flüchten ganz einfach vor ihren eigenen Spuren, ihren zurückliegenden Zerstörungen (der Bengel am Feuer hat sich zu Unrecht darüber lustig gemacht). Die Menschen wollen nicht sehen, was sie hier angerichtet haben, und stürmen dorthin, wo sie (als ob das möglich wäre!) ganz von vorn anfangen können, dachte Kostjukow. Das ist ihre ganze Weisheit: Wenn wir weggehen und alles vergessen, so meinen sie, wird man sich höchstwahrscheinlich auch von uns abkehren und uns vergessen. Aber nein, daraus wird nichts.

Der Drang zur Natur hatte Kostjukow seit seiner Jugend verfolgt und den Ärmsten von einem Ende zum anderen getrieben. Ja, die Natur hatte ihm alles bedeutet, war seine große Leidenschaft gewesen! Von Beruf Bauingenieur, war er mal völlig abgesackt, hatte sich aber bald wieder hochgerappelt, es ging bergauf und bergab, und nach einer gewissen Zeit war ihm gleichgültig, welches Wort seinen jeweiligen Stand charakterisierte. Mit den Jahren und grau werdendem Haar erlosch die Leidenschaft zwar nicht, verflachte aber, zerbröckelte immer mehr, nahm die unterschiedlichsten Formen an – möglicherweise machte gerade das Kostjukows unkompliziertes Geistesleben aus. Und natürlich spielten, wie man so sagt, auch die Umstände eine wesentliche Rolle.

Nun stärker lahmend, durchschritt er die lehmige Senke auf dem kürzesten Weg – der Hubschrauber setzte bereits zur Landung an, und da war es besser, auf der Hut zu sein. Der Brief (Wo hatte er ihn hingetan? Hatte er ihn weggeschmissen?) war gestern angekommen und verhieß nichts Gutes, so wie Aufgespürtwerden an sich nichts Gutes verheißt.

Er riß einen Tannenzweig ab, kaute an den Nadeln. Schaute zum Hubschrauber. Sehnte sich nicht im geringsten danach, unter den Passagieren jene kleine bekannte Frauengestalt zu entdecken, obwohl sie sich nach so viel Jahren durchaus in eine unbekannte hatte verwandeln können – er mußte also abermals auf der Hut sein. Kostjukow hatte es längst aufgegeben, sich mit der Romantik des Taigafahrers, blind waltendem Schicksal, der Wut sitzengelassener Frauen oder dergleichen zu rechtfertigen – er war, wie er war. Der Lärm wuchs. Aus einiger Entfernung beobachtete er die Landung. Er hatte genügend Hubschrauber gesehen. Auch Frauengestalten, die das grüne Rollfeld überqueren.

Er spuckte die sauer gewordenen Nadeln aus und zündete sich eine Zigarette an. Von weitem beobachtete er, wie man gemächlich mit dem Ausladen der Fracht begann. Fluggäste waren nur zwei ausgestiegen, zum Glück unbekannte. (*Auch bekannte Männergestalten verheißen nichts Gutes!* Kinder schaffte sich Kostjukow keine mehr an. Er machte sich rechtzeitig aus dem Staube. In jungen Jahren aber hatte er diese Flexibilität und diese Erfahrungen nicht besessen, und so waren natürlich Kinder da. Die Sünden der Jugend wuchsen, wie alle Sünden, mit und waren im Nu zu kräftigen Burschen mit *bekannten* Gestalten aufgeschossen. Und da die Wohnsiedlungen nicht weit auseinanderlagen, war man festgenagelt. Traf Kostjukow auf einen von ihnen, gab er sofort Geld, aber das Söhnchen hatte es nicht eilig, vom Papa wegzukommen, und so wurde Kostjukow langsam unruhig. Dem kräftigen Burschen dagegen gefiel das väterliche Ausweichen und ähnliches ungemein: »Es macht Spaß, Papachen zu ärgern!« Und schon erschien der nächste Sohn am rasch wechselnden Hubschrauberhorizont.) Kostjukow verzog das Gesicht ob dieser unausweichlichen Klippen seines Daseins, trat die Zigarette aus und kehrte um.

Ging man quer durch das niedrige Tannengehölz, lag das Wohnheim ziemlich nahe.

Als er ins Zimmer trat, riß Tomilin die Arme hoch.

»Na endlich! Wo warst du?«

»Ich hab mir Lehm in 'ner Mulde angesehen.« (Er hatte es wirklich getan.)

»Wo denn?«

»Am Hubschrauberplatz.«

Tomilin griff sich an den Kopf.

»Hör sich das einer an! Ich geh hier vor die Hunde, und er guckt sich Lehm in 'ner Mulde an!«

Kostjukow setzte sich. Es war stickig im Zimmer. Die Ohren gespitzt, schwebte Tomilin in tausend Ängsten (wenn im Haus eine Tür klappte, fuhr er jedesmal zusammen).

»Ich kann nicht mehr ... Ich kann nicht mehr«, jammerte er. »Warum hab ich mich bloß mit der eingelassen? Die quält mich noch zu Tode!« Er stöhnte.

Eingelassen hatte er sich mit der Köchin Elsa, und zwar auf Anraten Kostjukows und nicht ohne seine Hilfe – daher der leichte Vorwurf in Tomilins Stimme. Erst ging's ihm dreckig ohne Frau, nun ging's ihm dreckig mit Frau – solche Sorte von Männern gibt's, da ist nichts zu machen, Tomilin würde sich nicht ändern. Genau wie Kostjukow war Tomilin ein Zugvogel, nur kam er aus Moskau, war intelligent, etwas weichlich, nörgelte gern. Und hing gern Erinnerungen nach – vor langer Zeit war ihm seine Annuschka gestorben, seine junge, schöne und, wie er behauptete, unwahrscheinlich zärtliche Frau; sie war ganz plötzlich verschieden. Nachdem er sie beerdigt hatte, konnte er nicht mehr in Moskau leben, floh und zog nun schon jahrelang mit Kostjukow umher. Der Dritte im Bunde war Vitjurka, ebenfalls um die Fünfzig und ebenfalls alleinstehend.

»Dann mach doch Schluß!«

»Und wie?«

»Wie sich's gerade ergibt.«

»Du bist ein Rohling, Pawel. Aber Rohlinge haben's leichter im Leben.« Tomilin litt. »Die frißt mich mit Haut und Haaren, Pawel!«

»Nöl nicht soviel rum«, herrschte Kostjukow ihn an. »Soll ich mit ihr sprechen?«

»Um Gottes willen!« Tomilin rang die Hände. »Deine Roheit hat mir gerade noch gefehlt!«

»Was willst du dann?«

»Weiß ich selber nicht.«

Dafür wußte Kostjukow es: Die Angelegenheit würde enden wie gewöhnlich – mit Abreise. Sie hatten gerade den zweiten Wohnblock übergeben, und so waren sie nun mal: heute hier, morgen dort – darin lag eine eigene, schon gewohnte Rechtmäßigkeit. Kostjukow grinste.

»Na, dann nichts wie weg!«

»Ob Vitjurka mitmacht?«

Tomilin wußte natürlich, daß Vitjurka mitmachen würde; es war eine rhetorische Frage, er mußte etwas zu nörgeln haben. Wie um Vitjurka zu fragen, blickte Kostjukow auf dessen leeres Bett (sie hausten alle drei zusammen) und antwortete dem empfindsamen Tomilin nicht ohne Spott: »Warum soll er nicht mitmachen? Der Wohnblock ist doch übergeben.«

Tomilin erinnerte sich an seine verstorbene Frau.

»Annuschka, warum hast du mich verlassen? Annuschka, mein ganzes Leben ist verpfuscht ...« Was dann folgen würde, war Kostjukow sattsam bekannt: »Annuschka, warum bin ich nicht mit dir zusammen gestorben?« und: »Annuschka, du mein zärtliches Kätzchen!« Und vielleicht noch Annuschkas Vorahnung, die sie »an jenem grauen Morgen« vor ihrem Tode geäußert hatte: »Du wirst es nicht leicht haben ohne mich, Liebster.« Da Tomilin nun einmal die Köchin verwünschte, mußte er unweigerlich um Annuschka trauern. Kostjukow versuchte ihn zu trösten. Er war Tomilins Tiraden längst gewohnt und belachte sie nicht mehr. Einer trinkt Portwein, der andere jammert, der dritte schweigt vor sich hin – ist der Unterschied so groß?

Ein herrisches Klopfen an der Tür ließ Tomilin momentan verstummen (zum Glück hatte er diesmal keine Fotos von Annuschka hervorgekramt, die er nun hastig hätte verstecken müssen). Köchin Elsa stürmte ins Zimmer. »Aha-a, mein Schätzchen, verkriechste dich, haste mich satt, wie? Bin dir zu dick, wie? Aber als du mit mir angefangen hast, war ich nicht zu dick, wie?« Flammend, massiv, rückte Elsa an. »Nein, mein Lieber, *wir sprechen uns noch!*« Ihre Wangen zuckten.

»Siehst du denn nicht? Ich hab zu tun!« quiekte Tomilin.

Köchin Elsa sah nicht.

»Zu tun, zu tun«, äffte sie ihn nach. »Du elender Jammerlappen! Jeder liebt Elsa! Jeder reißt sich darum, Elsas Bekanntschaft zu machen!«

»Schrei nicht so!« beschwor Kostjukow die Köchin.

»Was hast denn du hier zu melden, verdammter Alimentenzahler!«

Unerwartet plusterte sich auch Tomilin auf, schien zu wachsen, rief tadelnd: »Pawel!«

Kostjukow lachte laut auf und ging. Sollten sie ohne ihn fertig werden! Was sie denn auch taten.

»Hab ihn gefüttert! Die besten Brocken hat er gekriegt!« Elsas Stimme sprengte die Tür und stob durch die Etage wie ein Wirbelwind. Die Frau versuchte zu retten, was zu retten war.

Kostjukow schritt durch den langen Flur des zweigeschossigen Ziegelgebäudes, eines Typenbaus. Er kannte solche Zimmer zur Genüge, gewöhnte sich schnell und leicht ein, als hätte er schon immer darin gelebt. Auch fremde Gesichter wurden ihm sofort vertraut. Ein bekanntes Gesicht aber (wo immer es auch auftauchen mochte) machte ihn mißtrauisch; bekannten Gesichtern wich er aus, weil er mit dem Spürsinn und der Erfahrung des Nomaden wußte, daß ein bekanntes Gesicht sich zuerst mit dem Blick nähert und dann etwas will oder fordert (und wenn es nichts will oder fordert, erinnert es einen insgeheim an etwas).

Sie waren in der Nähe geblieben. Auf einem Haufen unbrauchbarer Steine der hiesigen Ziegelei hatte sich fast die halbe Brigade niedergelassen (unter ihnen auch das Großmaul von gestern, vom Lagerfeuer). Mit strenger, düsterer Miene trat Kostjukow zu ihnen. Die Jugend saß eng umschlungen, verstummte, während Vitjurka, kraft seiner Zugehörigkeit zu Kostjukow, an den Saiten seiner Gitarre riß und schrie: »Ein Hoch auf den Brigadier!«

Sie tranken auf die fristgemäße Übergabe des Wohnblocks. In einem passenden Moment (man hatte ihn neben Vitjurka – bester Platz! – gesetzt) flüsterte Kostjukow dem Kumpel zu: »Wir hauen ab. Wie steht's mit dir?« – »Dumme Frage, ich geh natürlich mit.« Kostjukow hatte nicht daran gezweifelt, trotzdem fragte er jedesmal vorher und ohne Druck; das war so üblich bei ihnen. Dem graumelierten Vitjurka machte es nicht das geringste aus, von einem Ort zum anderen zu ziehen; er war stets lustig und guter Dinge. Seine Frau hatte ihn wegen Sauferei aus dem Haus gejagt, und nun brauchte er, ständig auf Achse, ihr Gezänk nicht mehr anzuhören. Kostjukow mochte ihn gern und sah ihm seine Schwäche nach – Vitjurka war manchmal unersetzlich, wenn Menschen überhaupt unersetzlich sind! Ausgezeichneter Gitarrespieler, der er war, verfaßte er selbst kleine Lieder – eine fröhliche Säufernatur mit künstlerischen Anlagen. Nachdem sie sich geeinigt hatten, stand Kostjukow auf. Vitjurka blieb noch, zupfte die Gitarre und plärrte dazu:

»Ich knüpf meinen Kummer zu einem Strick,
doch sag ich kein Wort davo-o-on ...«

Das Gitarrengeklimper verfolgte Kostjukow noch lange, schwebte gleichsam neben ihm in der feuchten Luft, und er selbst war noch ganz *hier*, dachte an Alltagskram, daran zum Beispiel, daß die Milch aus dem Dorf noch nicht eingetroffen war – aber die Brigade schien ja jetzt ohnehin keine Milch zu brauchen, na gut!

»Willste ausreißen?« fragte der Bauleiter, kaum daß Kostjukow sein Zimmer betreten hatte.

Kostjukow bestätigte es lächelnd.

»Wußt ich's doch. Aber hast gute Arbeit geleistet, Pawel Alexejewitsch, dafür meinen Dank.«

»Ihnen hab ich zu danken. Ich hab gern hier gearbeitet.«

»Die beiden andern gehen mit?«

Kostjukow nickte.

»Wußt ich's doch«, wiederholte der Leiter. »Als ich dir den Brief gegeben hab, wußte ich Bescheid.«

Er kramte in der Schreibtischlade und holte ein Kuvert heraus.

»Du hast ihn übrigens gestern hier vergessen.« Er reichte den Brief über den Tisch. »Hier.« Kostjukow nahm ihn. Er stammte von einer Frau aus einer Malerbrigade vom Unteren Plateau. Bevor er an die richtige Adresse gelangt war, war der Umschlag schon zerrissen, und wer wollte, konnte den Brief lesen. Im Kuvert steckte das Foto eines zwölfjährigen Mädchens und dazu die konfuse, jämmerliche Drohung, Kostjukow zu verklagen, falls er das Kind nicht freiwillig als seins anerkenne. »Der Brief ist schon so ...«, der Leiter suchte nach dem passenden Wort, »nackig angekommen«, schloß er. »Meine Frau hatte ihn im Nu gelesen. Frauen sind so neugierig, besonders wenn ein Foto beiliegt.«

Er versuchte immerhin, Kostjukow zum Bleiben zu bewegen, wenigstens bis zum Herbst; sicherte ihm zu, er würde ihn nicht ausliefern, bot sogar an, der Frau, die sich so plötzlich an Kostjukow erinnert hatte, zu schreiben, daß sich der Gesuchte nicht auf seiner Baustelle befände.

»Lügen ist schlecht«, meinte Kostjukow gleichsam vorwurfsvoll und lächelte.

»Ausreißen ist besser?« Der Leiter lächelte zurück.

»Macht mehr Spaß.«

Sie schwiegen.

»Wo willst du jetzt hin?«

»Spielt doch keine Rolle, Hände werden überall gebraucht.«

»Deine Hände sind in Ordnung, und 'n heller Kopf bist du auch.« Der Bauleiter ließ sich die Gelegenheit nicht entgehen, ihn ein weiteres Mal zu loben.

Kostjukow schwieg. Es gab nichts mehr zu reden. Der Leiter gab ihm sein Arbeitsbuch zurück, auch die Arbeitsbücher für Tomilin und Vitjurka gleich mit. »Ach, du Dreigespann! Du dahinfliegendes Dreigespann«, zitierte er Gogol. Alles war gesagt. Der Leiter fragte nur noch: »Hattest du den Brief vergessen? Oder ihn absichtlich liegenlassen?«

»Spielt doch keine Rolle.« Kostjukow lachte leise, legte Brief und Foto gelassen auf den Tisch zurück, womit er den sonst so gewitzten Sergej Polikarpowitsch in ziemliche Verwirrung stürzte – es zeigte sich, daß der scheinbar mit allen Wassern gewaschene Taigaspezialist doch noch nicht mit allen Wassern gewaschen war.

Kostjukow rief sich die Frau ins Gedächtnis: eine mollige Blondine, die in ihrer Malerkluft an ein Fäßchen erinnerte. Ihr Lieblingsausspruch war: »So siehste aus!«

Kolja Shukow, ein erstklassiger Planierraupenfahrer, aber ein ausgemachter Faulpelz, hatte sie mit Kostjukow bekannt gemacht. Damals hatte es dort eine Woche genieselt, die Wege waren aufgeweicht, und die Blondine (»So siehste aus!«) hatte Kostjukow die ganze Zeit gedroht, sie würde ein Kind kriegen – und hatte wirklich eins gekriegt.

»Spielt doch keine Rolle. Zerbrechen Sie sich darüber nicht den Kopf«, empfahl Kostjukow dem Leiter und nahm ihm damit großmütig die fremde Last von den Schultern. »Soll sie ruhig klagen, ich streite doch gar nicht ab. Wenn Frauen außer sich geraten, sind sie durch nichts zur Vernunft zu bringen«, resümierte er.

Diese Frauen, die zumeist vom Lande kamen, den sicheren Hafen ihres Zuhauses verlassen hatten, sehnten sich eigentlich danach zurück und träumten natürlich davon, sich hier selber solch einen Hafen zu schaffen und Kostjukow oder irgendeinen anderen Mann an Land zu ziehen. Es gab auch Männer, die mit einemmal den Familienrappel kriegten. Er, Kostjukow, war nicht von dieser Sorte; er war wohl wirklich einer von denen, die immer nur zerstören. Seit langem schon trennte ihn der Graben der Zeit von diesen Frauen – ein Graben voller Fremdheit und Kälte, ein Graben voll dunklen Wassers.

»Soll sie ruhig klagen«, wiederholte er. »Ich bin's gewohnt, daß man mich schröpft.«

»Aber nur zu fünfzig Prozent!« meinte der Leiter lachend.

»Stimmt.« Kostjukow lachte ebenfalls.

Er streckte dem Bauchef die Hand hin, dieser drückte sie – sie hatten vier Monate lang zusammen gearbeitet.

»Wenn was ist, komm her«, forderte der Leiter ihn auf. »Ich stell dich sofort wieder ein und helf dir auch so. Und überhaupt ...«

Er schwieg.

Kostjukow bedankte sich. In letzter Zeit fluchte und schimpfte er nicht mehr herum, bevor er ging. Er wollte nicht alle Brücken hinter sich abbrechen – er wechselte einen Ort nach dem anderen, aber auch die Menschen zogen nach. So mußte er zwangsläufig eines Tages auf dieselben Leute treffen. Er ahnte, daß diese Treffen immer häufiger werden würden. Also mußte er stets darauf vorbereitet sein. Oder noch weiter nach Osten in die tiefste Wildnis ziehen.

Es klingt lächerlich, aber in der letzten Zeit brachte ihn jeder neue Ortswechsel geradezu in Verlegenheit – als hätten sich die vorangegangenen Zerstörungen in sein Gesicht eingegraben, und nicht nur die Menschen, denen er begegnete, sondern auch die Natur – Bäche, Gras, Tannen – könnten sie von seinem Gesicht ablesen.

Innerhalb nur eines Monats hatte die Köchin Elsa, dauerhaft und beständig wie das Leben selbst, Tomilin alle Säfte ausgepreßt. Ihm war elend zumute. Sobald es auf den Abend zuging, nahm sein Gesicht den Ausdruck eines gehetzten Wildes an. »Ich halt dich fest, mein Schatz«, ertönte ihre Stimme hinter der Tür. »Keine *andere* soll dich kriegen!« Es war schon fast schicksalhaft: Jungen Frauen näherte sich Tomilin nicht. Solche Beziehungen wären für ihn Verrat gewesen, hätten das Andenken seiner Annuschka geschändet. Innerlich wie äußerlich pedantisch auf Sauberkeit bedacht, strebte Tomilin nicht sofort nach Intimität, ihm genügte völlig der Anblick der sanften Morgensonne, um seine Stimmung zu heben. Ihm genügte auch ein einfaches freundschaftliches Gespräch, aber Alltag ist Alltag, und ohne Frau lebt es sich schlecht. Um ihn zu trösten, hatte Kostjukow ihm geraten, sich an die Betriebsküche und ihre

Köchinnen zu halten. Aber auch das forderte offenbar seinen Preis. Hinter der Tür jammerte es: »Begreif doch, ich muß mit Pawel weg! Bitte, begreif doch, es ist dringend notwendig!« Und Tomilin sprach, so wie man etwas außerordentlich Wichtiges und Bedeutsames ausspricht: »So begreif doch – *ich liebe dich nicht!*«

Elsa blieb unerbittlich.

»Du wirst mich lieben lernen.«

»Nein.«

»Doch, wirst du! Urteile nicht so vorschnell. Hast du den Film gestern gesehen? Da wollte und wollte auch so 'n Kerl eine Frau nicht lieben, und dann hat er plötzlich Feuer gefangen.«

Die Unterhaltung dauerte an, und Kostjukow schritt durch den Flur dem Ausgang zu. Eine Abreise wie jede andere – jeder hatte seine eigenen Probleme damit: Kostjukow stieg eine Etage höher – zu Olja. Olja war um die fünfundzwanzig und Geologin.

»Ich mach weg«, erklärte er kurz und bündig.

Olja war im Morgenmantel, hatte gerade geduscht und erwartete ihn schon; die Gelegenheit war günstig: Ihre beiden Zimmerkolleginnen (ebenfalls junge Frauen, von Enthusiasmus hergetrieben) schwoften irgendwo anläßlich der Wohnblockübergabe. Es waren hübsche Mädchen, die Kostjukow nicht ausstehen konnten. Sie waren der Meinung, Olja könne einen besseren Mann finden. Worin er ihnen eigentlich zustimmte. Er schätzte sich seit langem real ein.

»Wohin?« Olja war verwirrt. Normalerweise empfing sie ihn mit dem Ausruf: »Ah, wer kommt denn da?« Koketterie schwang darin mit, auch leises Vergnügen an ihrer ungewöhnlichen Liebe (zu einem fünfzigjährigen abgeklapperten, rauhkehligen Taigafahrer!), die zum Teil eine Art Spiel war, so wie wohlgenährte Kinder Teddybär spielen, wissend, daß es genug Teddybären gibt und das ganze Leben noch vor ihnen liegt. Er traute Olja nicht. Aber ihre Verwirrung jetzt war echt, vielleicht weil seine Ankündigung so überraschend kam. Olja druckste herum, ihren Worten fehlte die übliche Koketterie und Manieriertheit. Immer wieder fragte sie: »Wohin? Wozu?« Kostjukow zuckte die Achseln, er wisse es selbst nicht.

»Natürlich weißt du's.« Olja glaubte ihm nicht. Zweifellos gehörte Olja nicht zu denen, die Vollstreckungsbefehle nachschicken, um so weniger wollte er, daß sie sich – Liebe spielend – an ihn hängte und ihm überall nachfolgte.

»Ich schreib dir, sobald ich Fuß gefaßt hab«, versprach er. Sie begriff, sackte gleichsam in sich zusammen. Sie hatte schmale Hände, schleppte Lyrikbände mit sich herum, ihre Eltern wohnten in Leningrad. Wahrscheinlich hatte sie sich seit langem nach einer ungewöhnlichen Liebe gesehnt, wollte sich so gern verlieben, hatte gesucht – und gefunden. Zermürbt und gealtert – er gab sich auch keine Mühe mehr, es zu verbergen –, verhielt sich Kostjukow wortkarg (um nicht nur zu knurren) und hatte für immer jenes rauhe, etwas heruntergekommene Äußere angenommen, das alle Bahnbrecher zu einen scheint. »Weißt du noch ...«, begann Olja, und schon ihre ersten Worte trafen ihn genau an der richtigen Stelle: Nebel, jene Nacht in der Taiga, als sie sich noch versteckt hielten, sich noch nicht an Oljas Zimmerkolleginnen gewöhnt hatten und an verschlossene Türen, gegen die gewummert und teilweise mit Füßen getreten wurde.

Ihre Stimme war dem Weinen nahe, aber sie vergoß keine Träne.

»Gib mir 'n Glas Wasser«, bat sie. Sie war ganz aus der Fassung, wohl weil dies bereits der Abschied war, weil er sie völlig überrumpelt hatte, weil sie, hätte sie es früher gewußt, anders Abschied genommen hätte – böse und abrupt, jung und schön; so aber entschlüpften ihr die gewöhnlichsten und kläglichsten, ja beinahe spießigsten Worte.

Olja zog sich hastig an, und sie wanderten ein Stück in die Taiga hinaus. Saßen unter einer der Kiefern mit den aus dem Boden dringenden weißlichen Wurzeln und der – angesichts des in unmittelbarer Nähe gelegenen Moores – überraschend trockenen Erde ringsum. Olja kaute an einem Grashalm, versuchte ein Gespräch in Gang zu bringen; Kostjukow schwieg hartnäckig.

Er kam nicht einmal dazu, die simplen Freuden eines Mannes vom Bau zu genießen, er arbeitete – und schon ging es weiter. Kluge Köpfe verstanden es, selbst hier die Freuden auszudehnen, indem sie Anerkennung fanden oder einen neuen Posten übernahmen – ihm war das immer fremd gewesen. Er war eben nur Bahnbrecher, gut, meinetwegen auch Zerstörer, und seine kurze Befriedigung bestand in nichts anderem als im Neuen selber.

»Pawel ...«

»Ich hab doch gesagt, ich schreibe, wenn ich angekommen bin«, schnitt er ihr das Wort ab.

Das Gespräch hätte übel enden können, wäre ihre Aufmerksamkeit nicht abgelenkt worden: Unten auf der Straße brach ein Pferd zusammen. Wie vom Schlag getroffen sank es zu Boden, der Wagen blieb erzitternd stehen, und eine junge Bauersfrau sprang vom Kutschbock und schrie: »O mein Go-o-ott!«

Kostjukow wollte sich von der Kiefernwurzel erheben, doch Olja hielt ihn zurück.

»Bleib sitzen.«

»Aber ich muß doch helfen.«

»Das tun schon andere.«

Und wirklich: Zwei hagere Männer, Bauarbeiter,

eilten bereits herbei, beugten sich über das Pferd. Ihre Gesichter waren nicht zu sehen. In den Gurten hängend, röchelte das Pferd so heftig, daß die schief stehende Gabeldeichsel bei jedem Röcheln mitknarrte. Die junge Frau hatte geglaubt, in der Taiga einen Bären entdeckt zu haben, hatte die Kanne Milch, die sie zur Baustelle bringen sollte, vom Wagen geworfen und unter Kreischen und ständigem Ausschauhalten die Stute mit Peitschenhieben derart gehetzt, daß diese, nur noch etwa fünfzig Meter von der Baustelle entfernt, nicht von einem Bach wegzubekommen war. »Ich hab sie doch gar nicht ranlassen wollen, hab so auf sie eingedroschen! Hab sie weggezogen!« lamentierte die junge Frau tränenüberströmt und jammerte, der Kolchos würde sie dafür, daß sie die überhitzte Stute hatte saufen lassen, dem Gericht übergeben. »Ach wo, du Dumme. Keine Bange!« beruhigten die Arbeiter sie lachend, sie aber greinte weiter. Die Männer, schon seit Jahren hier ansässig, bemühten sich derweil um das Pferd. Von dem mit Kiefern bestandenen Hügel aus war deutlich zu sehen, wie der Zimmermann Filipp, ohne lange zu fackeln, mit einem krummen Messer der Stute das halbe Ohr absäbelte. Er stützte ihren schlaffen Kopf, während sein Kollege eine Zinkschüssel unterhielt, die er vom Wagen geholt hatte. Im Nu war der Schüsselboden rot gefärbt, das Blut floß zunächst reichlich, dann immer spärlicher, und bedeckte sich, am Schüsselrand leicht schäumend, mit einem Dampfschleier. »Das hätten wir!« sagte der Zimmermann, als das Blut nur noch tropfte. Die Männer richteten sich auf. »Das hätten wir! Na siehste, du Schaf, kein Grund zum Heulen!« Die Stute machte zwar noch keine Anstalten, aufzustehen, hatte aber die Augen geöffnet, ihr Blick war klar. Ihre Beine waren eingeknickt, das Tier versuchte, sie behutsam freizubekommen und sich bequemer zu lagern.

Im Zimmer sah es aus wie nach einer Schlacht. Kostjukow sagte nur: »Oho!« Unter Tomilins rechtem Auge flammte ein dicker roter Wulst, Tomilin aber, der sich schließlich doch von Elsa hatte trennen können und hingeschickt worden war, wo der Pfeffer wächst, lächelte.

»Ich bin der glücklichste Mensch auf der Welt, Pawel! Du kannst sagen, was du willst, ich bin glücklich.«

»Ich würde eher sagen, du hast Glück gehabt.«

»Außerordentliches Glück!« Tomilin öffnete ein paar Konserven, stellte eine Flasche Portwein auf den Tisch. Da platzte Vitjurka mit zwei Hubschrauberpiloten herein. Die Piloten wehrten sofort ab, sie würden nichts trinken, sie müßten heute noch fliegen, und wurden nicht groß überredet. Gläser stießen klirrend aneinander – das rasch improvisierte Gelage wurde, wie improvisierte Gelage stets, ein voller Erfolg. Die drei hatten auf einmal gar keine Eile. Vitjurka kramte ein Heft mit alten Romanzen hervor, stierte auf die verwischten, flekkenübersäten Texte, verkündete, von wem das jeweilige Lied stamme, und sang mit falscher Stimme. Als die Piloten gegangen waren, suchten die drei ihre Habseligkeiten zusammen.

»Leb wohl, Zimmer! Wie viele solche haben wir schon gehabt!« rief Tomilin rührselig. Kostjukow packte seinen Rucksack und seinen kleinen Koffer, drehte eine Angelrute aus Bambus, die Elsa wutentbrannt zerbrochen hatte, hin und her und warf sie in die Ecke. Nachdem Vitjurka seinen Rucksack vollgestopft hatte, verstaute er die Gitarre in der Hülle. Am längsten packte der pedantische Tomilin. Endlos war er damit beschäftigt, seine Siebensachen in einem geräumigen Koffer zu verstauen, der eine Unzahl von Fächern enthielt, darunter sogar ein kleines Täschchen für eine Schachtel Zahnstocher.

Der Abschied vom Zimmer fiel Kostjukow jedesmal leicht, Umgebung und Natur dagegen prägten sich ihm mit geradezu widersinniger Genauigkeit ein. Beim Abflug traten dann Einzelheiten so klar hervor, daß er, scheint's, sogar die Anordnung der aus dem Wasser ragenden Steine auf den Sandbänken beschreiben konnte, so wie sich Leute Sternbilder am Himmel merken. Bei Bächen oder Flüßchen spürte er die ihnen eigene Intimität, ja sogar die Verschämtheit ihrer Windungen – fast lachhaft, es zu sagen.

Bei Sonnenuntergang bestiegen sie den Hubschrauber. Ihnen stand ein Flug mit zweimaligem Nachtanken bevor – sie hatten beschlossen, in Richtung Ust-Tura zu fliegen: wie immer, fiel die Entscheidung buchstäblich in letzter Minute. Im Grunde war es ihnen gleich, wohin es ging, nur möglichst weit weg. Der Pilot rief: »Weg vom Rotor!« Der gelbe Sonnenball war hinter den Tannen verschwunden. Als sie aufstiegen, sahen sie ihn aus einiger Höhe wieder – mächtig, leuchtend, von Tannen aufgespießt, dann aber rasch versinkend. Um ihn länger zu sehen, hätten sie noch höher steigen müssen, aber das war nicht vorgesehen. Bald darauf verschmolz die Taiga mit der Nacht, es wurde stockdunkel, nur in der Kabine glomm fahles Licht, und Kostjukow wandte den Blick dem Piloten zu, den er seit langem kannte.

Einstmals – der Pilot war noch blutjung gewesen und er selbst in den Dreißigern, voller Saft und Kraft – war er mit einer lustigen kleinen Truppe fast bis an die Mündung der Serebrjanka vorgedrungen. Damals hatte dort noch tiefste Wildnis geherrscht. Der Pilot hatte die Maschine bis zu den Tannenwipfeln runtergedrückt. Unsicher suchte er nach einem Landeplatz, Kostjukow aber schüttelte immer wieder den Kopf. »Nein, weiter, noch weiter ...« Der Pilot überflog die nächste Lichtung, fragte: »Hier?« – »Nein, weiter, weiter ...« Die Truppe wußte, seine Frau war hinter ihm her; alle brachen in Gelächter aus, und Kostjukow zwinkerte ihnen zu. Er war der Leiter der Gruppe. Das gab es mal! Schon ganz mutlos fragte der Pilot: »Hier endlich?«, worauf Kostjukow erwiderte: »Hier ginge es auch, aber können wir nicht 'n bißchen weiter?« Womit er einen neuen Heiterkeitssturm auslöste.

Kostjukow holte ein Blatt Papier hervor und setzte einen Brief auf. »... Wieder bittest Du um Geld, aber ich hab keins, Mutter. Du weißt selbst, daß ich kein Geld auf die hohe Kante legen kann. Es reicht kaum für Konserven.

Der Bruch tut noch weh. Jetzt sind am Bein kleine Geschwüre aufgebrochen, jucken und wollen einfach nicht zuheilen. Ich muß immerzu kratzen, dreh mich weg, wenn ich unter Leuten bin, und kratze. Irgend so ein blöder Doktor hat mir gesagt, sobald es schneit und kalt wird, geht's mir besser. Mal sehen. Aber ich glaube, der Weißkittel ist genau wie mein Bein keine Kopeke wert.

Das kannst Du den Nachbarn erzählen, und laß Dich von ihnen nicht aufhetzen oder aufstacheln, ich hab kein Geld, ich krepiere bald, es rasselt immer so in der Brust, und abends ist mir manchmal ganz schwindlig, daß ich denk, gleich sackst du um, und wenn unsereins erst umkippt, ist Schluß. Nur in den Armen hab ich noch Kraft, das hält mich ...«

2

»Schön, wir sind uns einig!« sagte der Bauleiter in Ust-Tura und erklärte noch eine ganze Menge, ohne zu ahnen, daß Kostjukow die Gegend nur allzugut kannte. Hatte Kostjukow die unberührte Natur aufgeschreckt, sie ein wenig bewohnbar gemacht und die Arbeit in Gang gebracht, verschwand er jedesmal, und die Leute folgten erst später nach. In diesem Sinne war er wohl tatsächlich mehr und mehr verloren, und sein Gesicht nahm immer wölfisch-härtere Züge an. Zwischen der unberührten Natur und der Härte seines Gesichts schien ein klarer ursächlicher Zusammenhang zu bestehen. Manchmal glaubte er, hinter der Taiga müßten Hügel und Felder liegen. Einmal, vor langer Zeit, hatte er inmitten von Feldern Hügel im Sonnenuntergang gesehen – ihre Spitzen schimmerten rot wie glühende Kohlen, die Hügel selbst aber waren schwarz, wie aus schwarzem Papier – er erinnerte sich sehr gut an dieses Bild.

Nach dem Gespräch mit dem Bauleiter verließ Kostjukow das Büro und humpelte (»He, Hinkebein, hierher!« hatte man ihm zugerufen) zu den Unterkünften, die sich in einem einstöckigen Gebäude befanden. Er folgte einfach dem Klimpern der Gitarre – Vitjurka spielte und sang eine Romanze:

»Ich sah Sie, und alte Zeiten
wallten im Herzen auf ...«

Er hatte dem Hubschrauberpiloten einen dummen, leicht krampfig-lispelnden Ton abgelauscht – jetzt würde er mindestens zwei Wochen so lispeln.

»Na, was ist?« fragte Tomilin.

Nun etwas gelöster, klopfte Kostjukow ihm auf die Schulter.

»Das Übliche. Wir sollen 'ne Brigade zusammenstellen.«

»Während du mit dem Chef verhandelt hast, haben wir ein Zimmer ausgesucht. Ist es nicht prima? Das Bett am Fenster – ist es dir recht?«

»Du weißt doch, daß es bei mir in der Brust immer so rasselt!«

»Na, dann tauschen wir eben.«

Wie stets am neuen Ort, war Tomilin begeistert.

»Guck mal, was für einen prima Kumpel wir haben!

Wird zwar ’n bißchen eng zu viert, aber ist nicht zu ändern. Wir haben uns schon angefreundet, ’n netter Kerl.«

Kostjukow besah sich den »netten Kerl«. Der saß auf seinem Bett und duckte sich unter seinem Blick, schrumpfte gleichsam ein. Kostjukow wartete, daß es in seinem Gedächtnis einrastete: Den Kerl kannte er!

»’n Tag!« Der Bursche räusperte sich und nannte schüchtern seinen Namen. Natürlich! Langfinger Komow! Der Kreis der Geologen, Hubschrauberpiloten, Bauarbeiter und Küchenfrauen wird mit der Zeit immer enger: Die Gesichter wiederholen sich und prägen sich ein, und Komow war natürlich genauso verloren wie Kostjukow. Möglicherweise war es gar nicht Komow als solcher, der Kostjukow in gereizte Stimmung versetzte, auch nicht, daß er ein Dieb war, sondern die Wiederholung an sich. Kostjukow blieb ruhig. Er schickte Tomilin nachsehen, was für einen Lebensmittelladen es hier gebe und wie die Leute so seien. Tomilin ging. Vitjurka störte nicht. Noch in weinseliger Stimmung, klimperte er auf seiner Gitarre. Durchs offene Fenster roch es nach Sommer. Kostjukow trat auf Komow zu und sagte leise: »Pack deine Klamotten!«

»Aber ich … Pawel Alexejewitsch … Bester, verzeihen Sie schon. So was kommt doch bei mir selten vor.«

Kostjukow berührte sein Flehen nicht. Es war sehr gut möglich, daß das bei Komow krankhaft und der bisweilen machtlos gegen seine Schwäche war; möglich war aber auch, daß er schlau und vorsichtig auf seine Stunde wartete. Kostjukow ließ sowohl die üble als auch die bedauernswerte Variante gelten, hatte aber keine Lust, sich in den Unterschied zwischen beiden zu vertiefen. Er dachte daran, wie die wutentbrannten Bauarbeiter Komow verprügelt hatten und nur mit Mühe zu zügeln gewesen waren.

»Pack deine Klamotten!« wiederholte Kostjukow. »Und scher dich sofort zum Hubschrauber. Haste verstanden?«

Eilig suchte Komow seine Sachen zusammen, verstaute sie, murmelte vor sich hin, warf ab und zu einen raschen Blick auf den alten Bekannten. Sie standen einander im Wege: Komow wußte von Kostjukow und Kostjukow von Komow. Komows Trumpf aber war geringer, er war der Geschlagene, daran würde sich nichts ändern. Komow erhob sich, nahm seinen Rucksack, seufzte wie vor einer Reise, nickte Kostjukow kläglich zu und verschwand. Vitjurka schreckte hoch, als die Tür ins Schloß fiel, und zupfte im Halbdusel weiter die Saiten. »Ich sah Sie, und alte Zeiten ...« Vor Vitjurka lagen auf einer Zeitung ein Brot und mehrere aufeinandergetürmte Konservenbüchsen.

Kostjukow trat aus dem Haus. Tomilin thronte auf der Vortreppe, direkt am Eingang, um ihn herum acht Mann, die bereits von dem neuen Brigadier gehört hatten und neugierig der Dinge harrten, die da kommen sollten.

Kostjukow nahm Tomilin die Liste aus der Hand.

»Wen hast'n da alles reingenommen?«

»Alles bestens, Pawel. So, wie du's gerne hast.« Bereitwillig überließ Tomilin ihm die Verantwortung.

Nicht alles war »bestens«. Kostjukow begann in der Liste herumzustreichen. Die Leute, die begriffen hatten, daß nicht Tomilin der Brigadier war, drängten sich nun um Kostjukow, ihr Atem schlug ihm heiß entgegen. Aufgeregt durcheinanderredend, bestürmten sie ihn, sahen ihm über die Schulter. Besonders einer tat sich wichtig. »Ich bin Techniker«, rief er. »Und ich will als Techniker arbeiten!« Kostjukow erklärte ihm, Techniker würden nicht gebraucht.

»Und was soll ich jetzt machen?«

»Mußt du selber wissen.«

»Ich hab in einem Werk gearbeitet, war Techniker.«

»Du gehst zu den Maurern.«

Ein zweiter schwenkte sein Arbeitsbuch, ereiferte sich, er sei Ökonom. Auch für ihn gab es keine passende Stelle. Mit der Zeit würden sie alle ihren Platz finden – nur Kostjukow fand nichts.

»Zu den Maurern«, sagte er bloß und vermerkte es in der Liste.

Als sie ins Zimmer zurückkamen und Tomilin Komows leeres Bett entdeckte, wurde er plötzlich hysterisch: »Hast du ihn rausgeschmissen? Du …« Er stimmte ein lautes Jammergeschrei an, wie schon öfter. In neuer Umgebung floß Tomilin stets über vor Begeisterung, die sich in lärmenden Sympathiebekundungen, auch für Wildfremde, äußerte. Das hielt ein, zwei Tage an. Er war bereit, jeden zu lieben, begann sozusagen sein Leben von vorn. »War doch 'n guter Mensch. Warum hast du ihn rausgeschmissen, Pawel? Er hat mir gefallen, war 'n netter Kerl, so ruhig …«

»Halt die Klappe!«

Vitjurka mischte sich ein.

»Brüllt doch nicht so rum.«

»Aber Vitja, wir haben uns doch gleich prima verstanden! Haben auf unsere Freundschaft getrunken.«

Vitjurka zeigte Besonnenheit.

»Wenn wir schon so rumbrüllen, was soll dann werden? Habt ihr gemerkt? Das ist doch der reinste Kindergarten hier! Wir sind die einzigen Erwachsenen.«

»Wieso nur wir? Und die Küchenfrauen?« Kostjukow machte eine Kopfbewegung zu Tomilin hin.

»Du gemeiner Hund!« kreischte Tomilin und stürzte auf ihn los.

Kostjukow stieß ihn leicht zurück, Tomilin verlor das Gleichgewicht und plumpste auf sein Bett. Die beiden anderen lachten, Tomilin dagegen schrie mit hoher Stimme, wie eine Möwe im Herbst. Der Ort war neu, das Bett war neu, aber das Leben war das alte: Die rohen, gefühllosen Freunde waren roh und gefühllos geblieben – sie verstanden ihn nicht. Angesichts der Ohnmacht, des Unvermögens, sie zu verstehen und sich ihnen verständlich zu machen, drückte Tomilin das Gesicht ins Kissen, krampfte die Finger in die Federn und schluchzte, ein einziges Nervenbündel.

Kostjukow grinste, bedeutete Vitjurka augenzwinkernd, er solle auf ihren »Spezi« aufpassen, und wollte schon das Zimmer verlassen, um ein wenig über die Baustelle zu latschen, wie er sagte, als Tomilin das wütende, verheulte Gesicht vom Kissen hob und ihm nachrief: »Gemeiner Hund! Leute zu verjagen! Aber wart nur, bald reißte selber aus. Wie ein Wilder wirste rennen. In der Fünf wohnt nämlich einer, der dir verdammt ähnlich sieht. Vielleicht ist es ein Sohn von dir?«

Kostjukow war schon im Begriff, die Tür zu schließen; die letzten Worte drängten sich durch den kaum sichtbaren Spalt, erreichten ihn und ließen sein Herz stocken: Söhne verfolgten ihn hartnäckiger als Frauen.

Zur eigenen Beruhigung und weil Gewißheit immer besser ist als Ungewißheit, mußte Kostjukow natürlich Zimmer 5 aufsuchen. Während er den Flur entlangschritt, blickte er durch die Fenster zur Rechten. Ihm war mit einemmal hundeelend zumute, so wie wohl Tomilin, als er das Gesicht ins Kissen drückte. Kostjukow fühlte sich leer und ausgehöhlt. Ust-Tura, längst vergessen und daher gleichsam neu und ursprünglich, hatte auf einmal seinen Glanz verloren.

»Darf ich?« Kostjukow stieß die Tür auf. Der Junge war allein, lag mit Stiefeln auf dem Bett.

Das war nicht sein Sohn – Kostjukow sah es gleich.

Was ihn aufmerken ließ, war, daß alle anderen Zimmerbewohner fehlten – seine Söhne hielten sich meistens zusammen und verfolgten ihn im Rudel. Er blieb in der Tür stehen und fragte (etwas mußte er ja fragen): »Ist bei euch noch 'n Bett frei?«

»Nein, alles besetzt.«

»Wer wohnt denn hier noch?«

»Weiß ich nicht.«

»Und woher kommst du?«

»He, was willst du, Opa?« belferte der Junge. »Was geht dich das an?«

»Ich frag ja nur so.«

»Und ich kann dir ›nur so‹ eins in die Fresse hauen.«

Der Junge war nicht bei Laune.

Kostjukow wanderte zur Baustelle. Die Straße war schlecht, die Zufahrtswege waren noch schlechter. Dafür hatte man gleich nebenan eine Grube entdeckt, die Lehm für Ziegel lieferte. Im Sommer findet man sich mit allem ab, auch mit schlechten Straßen. Die angestaute Wärme des Tages war ein Labsal, so richtig dazu angetan, die Seele baumeln zu lassen. Ein gleichmäßiger, kräftiger Wind, ungebrochen durch den Wechsel von Berg und Tal, wehte durch die Baumwipfel, die Nadeln sträubten sich – dort setzte die Spannung ein, durch die sich der Baum ganz leicht neigte, federte, während zur Wurzel hin der reglos wie eine Säule ruhende gewaltige Stamm zu tönen begann.

Aber von Seele-baumeln-Lassen konnte keine Rede sein – drei Mädchen in schmuddligen, geflickten Jeans, die den nachdenklich über die Baustelle schlendernden Mann rasch einzuordnen wußten, holten Kostjukow ein, hielten kichernd und flüsternd mit ihm Schritt und sprachen ihn schließlich an. »Kollege Brigadier, wie heißen Sie … Kollege Brigadier, wollen Sie uns nicht in Ihre Brigade aufnehmen?« Ohne seinen Unmut zu verbergen, erwiderte Kostjukow, seine Brigade sei voll, ja, ganz voll. (Männer brauchte er! Solche Stadtpflänzchen fand er immer!) Die Mädchen lächelten noch strahlender, blitzten noch dreister mit den Augen, zündeten sich im Gehen Zigaretten an. Sie kannten sich im Bitten und Betteln aus, gaben nicht auf.

»Kollege Brigadier, seien Sie nicht so stur. Wir wollen doch arbeiten. Wenn Sie wüßten, von wie weit her wir kommen!«

Kostjukow wußte es, konnte es sich zumindest denken.

»Geht in die Küche.«

»Da waren wir schon. Ist auch alles voll. Die Tantchen haben uns achtkantig rausgeschmissen.«

Die Mädchen blieben etwas zurück, folgten ihm aber immer noch.

Kostjukow hatte die Grube umrundet, wollte schon den Heimweg antreten, ringsum war alles still geworden, da stockte sein Herz zum zweitenmal – vor der grünen Tannenwand stand, starr wie ein Fels, der hier Herbst, Winter und Frühjahrsschmelze überdauert hat, Sohn Wassili.

»Grüß dich, Vater!« Wassili war kräftiger, breiter in den Schultern geworden; sein Gesicht hatte die eckigen Züge der Mutter, einer Jakutin, angenommen. In seinen Augen glomm noch ein Fünkchen Kindlichkeit, kindlich aber war nicht mehr, wie er dastand: breitbeinig, reglos wie eine Statue. Auf welche Weise er Kostjukow ausfindig gemacht hatte, war unklar; klar war, daß er ihn gefunden hatte und sehr zufrieden damit war.

Küsse und Umarmung kamen nicht in Frage – er drückte seinem Vater nur die Hand. Und forderte brüsk, ohne Umschweife: »Ich bin blank, Vater, rück mal 'n paar Rubel raus.«

Die Gewohnheit vereinfachte das Ganze – nicht zum erstenmal lauerte Wassili seinem Vater auf, nicht zum erstenmal knöpfte er ihm Geld ab. Es war eine ziemlich eingefahrene Sache: Er luchste ihm ab, soviel er nur konnte, und er konnte viel gebrauchen! Kostjukow hätte einmal mit der Faust auf den Tisch hauen und all dem ein Ende bereiten sollen, aber in diesem Fall mochte er es nicht. Jeder hat seine schwache Stelle, die mit den Jahren immer stärker zutage tritt. Kaum etwas im Leben verwirrte und irritierte Kostjukow so wie seine ihm ständig auf den Fersen sitzenden Söhne. Irritierte ist vielleicht nicht das richtige Wort, ihr jugendlich unbekümmerter Anblick weckte in ihm Wehmut und Beklommenheit – eine komplizierte Erfindung. Früher hatte er Alimente gezahlt, jetzt zahlte er … ja, was eigentlich?

»Hier.«

Kostjukow gab dem Sohn vorerst zwanzig Rubel, er wußte, das war nur der Anfang. Wassili wußte es auch.

»'n bißchen wenig, Vater. Könnte mehr sein, eh!«

Er reiste auf die dumme Tour: »Ich will auch so 'n Romantiker werden wie du, Vater. 'n echter Taigabär!« Er wandte sich zu den Mädchen um, die sie inzwischen eingeholt hatten. Er hatte gern Publikum. »Guckt euch an, was ich für einen Papa habe! Da habt ihr einen echten Taigabären! Mein Alter ist doch noch ganz passabel, oder?« Er lachte. »Nehmt euch ja in acht vor dem! Wißt ihr, wieviel Kinder der in die Welt gesetzt hat?«

»Ich hab dir doch Geld gegeben!« Kostjukow verzog das Gesicht. »Nun halt endlich die Klappe!«

»Aber ich will nun mal so 'n Romantiker werden wie du!« krakeelte Wassili weiter. Teils aus echter Begeisterung für den Vater leierte er, sich auf die Schenkel schlagend, die Flüsse und Berge herunter, die der Papa abgeklappert hatte: Uradnaja, Borsun, Serebrjanka, Ussajak … Kostjukow hatte sie einst dem kleinen Wassili und seiner ungerührt dasitzenden Mutter aufgezählt; nun, viele Jahre später, kehrten die Worte zu ihm zurück. Voller Eifer berichtete Wassili, wie es den Papa umgetrieben habe, was für eine Sammlung von Steinen, Altai-Amuletten, alten Kämmen, Münzen, vom stumpfen Schild der Planierraupe hochgewühlt, er mit sich führe ... Wassili schwatzte und schwatzte, verschwieg nur, daß es all die Amulette und Steine längst nicht mehr gab, daß sie mitsamt Kostjukows jungen Jahren dahingeschwunden waren, unwiederbringlich verloren wie die Jugend selbst. »Ich will so werden wie mein Papa!« schloß Wassili.

Die Mädchen in den geflickten Jeans kicherten. Sie schienen unzertrennlich zu sein. Aber es war nicht so einfach, hier seinen Platz zu finden. Kokett, wie sie waren, verloren sie ihr Ziel nicht aus den Augen, lächelten, sobald Wassili verstummt war, Kostjukow von neuem an und riefen durcheinander: »Pawel Alexejewitsch, kommen Sie uns mal besuchen, wir wohnen in der Acht. – Kommen Sie mal zu uns auf die Acht! Wir bieten Ihnen Tee mit Konfitüre an, und Sie nehmen uns in Ihre Brigade auf.«

Sie hatten Mut gefaßt, wurden immer lebhafter, lachten und dachten wohl kaum an das Teile-und-herrsche-Prinzip, wenn sie zu Wassili äugten.

»Kommen Sie in die Acht«, sagte die Große. »Kommen Sie, mit wem Sie wollen, trinken Sie Tee mit uns, wir machen auch was zu essen. Wir sind nicht ängstlich, aber Ihren Sohn bringen Sie lieber nicht mit, der stört nur, der quatscht zuviel ...«

»Der Sohn ist uns zu grob«, fügte die Kleinste und Blondeste hinzu. »Und nicht rassig genug. Im Gegensatz zum Vater!«

»Ihr könnt mich mal!« heulte Wassili auf. Er trieb zwar gern seinen Spaß mit anderen, litt es aber nicht, selber auf die Schippe genommen zu werden. »Ihr … ihr Gakkerliesen! Lernt ihn erst mal richtig kennen. Spielt ihr etwa noch Blindekuh?«

»Blöder Hund! – Ist der doof, eh!«

Kostjukow schwieg.

Während des Geplänkels waren sie von der Straße abgebogen und steuerten auf das Wohnheim zu. Dort stand Georgi. Sicherheitshalber hatte er sich direkt am Eingang postiert; Kostjukow bemerkte und erkannte ihn sofort, wie etwas Erwartetes.

»Hier isser!« brüllte Wassili dem Bruder schon von weitem entgegen. Sie hatten verschiedene Mütter, aber sie hielten zusammen, wenn sie Geld brauchten.

»Prima, Waska!« schrie Georgi munter zurück. »Sei gegrüßt, Vater! Entschuldige schon, aber wir wollten dich 'n bißchen schütteln.«

»Hab ich bereits, der Übung halber. Laß ihn erst mal zu sich kommen.«

Beide wieherten los.

Als sie auf Georgi zutraten, kam Tomilin in zerknittertem Jackett aus der Tür geschossen. Der Ärmste war nicht nachtragend und machte sich bereits Vorwürfe, vom Auftauchen der unverschämten Söhne geunkt zu haben. Mit einer Geste zeigte er an, daß ihn keine Schuld treffe. Die Ankömmlinge blieben stehen, Zigaretten wurden angezündet. Wassili und Georgi verloren keine Zeit und machten sich sofort an die Mädchen heran.

Als Köder versprachen sie, Kostjukow würde die Mädchen in seine Brigade aufnehmen – ganz bestimmt und heute noch! Wie konnte er es ihnen verweigern, wenn sie, die Söhne, ihn um diese Kleinigkeit baten!

»Den packen wir gleich bei den Kiemen«, spreizte sich Georgi. »Wie kann er solche hübschen Mädchen nicht in seiner Brigade haben wollen!«

Wassili zwinkerte ihnen bereits zu, lächelte, warf sich in Positur und stieß ins gleiche Horn.

»Das schaffen wir! Wir schaffen alles!«

Tomilin zischte Kostjukow leise zu: »Na, was ist?« Ihm war klar, daß Pawel ziemlich in der Klemme saß, doch nun mußte er erkennen, daß er, Tomilin, in der gleichen Klemme steckte, solange die lebenshungrigen Erpresser nicht abgeflogen waren, solange er ihre grobschlächtigen Gesichter nicht hinter der Plexiglasscheibe des Hubschraubers sah. »Na, was ist, Pawel?« fragte er noch einmal, nun schon willens, Kostjukow zu bedauern.

»Scheiße«, erwiderte der.

Tomilins Augen schwammen in Mitleidstränen, und seine Stimme bebte, als er sagte: »Hast du gedacht, bloß mir geht's dreckig, Pawel?«

»Nichts hab ich gedacht.«

»Pawel ...«

Doch Kostjukow unterbrach ihn, flüsterte: »Hör zu. Sag Vitjurka, daß ich mich übers Plateau so weit wie möglich nach Osten absetze.«

Tomilin nickte und fragte: »Und wir?«

»Müßt ihr selber entscheiden. Wenn ihr nach wollt, drückt euch ein, zwei Tage hier rum, laßt euch aber nicht einstellen, kapiert?«

Inzwischen hatte Georgi ein paar Flaschen besorgt (der Laden war gleich nebenan), goß glucksenden rosa Portwein in Gläser (vielleicht wird's was mit den Mädchen?) und schilderte, gleichsam als Fortsetzung von Wassilis Geschwätz (Wassili war so ziemlich am Ende seines Lateins), alle möglichen malerischen Episoden aus dem Leben seines Taigavaters.

»... Da war ich noch ganz klein. Und bevor Papa verduftete, strich er mir über den Schopf. ›Verurteile mich nicht, mein Junge, ich liebe die Taiga und die Freiheit‹, sagte er. ›Die Taiga ruft. Wenn du älter bist, wirst du mich verstehen und mir verzeihen.‹«

»Das mit der Taiga hat er mir auch gesagt«, bestätigte Wassili mit der Gewichtigkeit eines Mannes, der sein Wort bereits gesprochen hat.

»Da habt ihr's«, fuhr Georgi fort. »Übrigens bemerkenswert, Mädchen, daß diese Sätze zu verschiedenen Zeiten gesagt wurden! An verschiedenen Orten. Zu Kindern verschiedener Mütter! Das ist ein echter Taigabär!«

»Wie habt ihr beide euch denn kennengelernt?« fragten die Mädchen.

»Reinster Zufall.«

Georgi feuchtete sich die Kehle an und erzählte weiter.

Währenddessen strich sich Wassili über den jugendlichen Schnauzer. In gewisser Weise liebten die Jungen Kostjukow und bemühten sich gerade deshalb, ihn vor allen Leuten schlechtzumachen, um sich selbst herauszustreichen und zugleich in der allgemeinverständlichen Rolle von im Stich gelassenen Kindern zu glänzen. An Feiertagen oder freien Tagen, wenn sie gerade in Laune waren und kein Geld hatten, hängten sie sich an die Piloten und suchten ihn. Wissend, daß er nicht allzuweit weg sein konnte, ließen sie sich Zeit und – fanden ihn.

»Wo willst du hin, Pawel Alexejewitsch?«

»Schon gut.« Kostjukow klopfte Georgi auf die eisenharte Schulter. »Quatscht nur weiter von eurem Vater, euer Vater muß an die Bauarbeiter denken.« Und mit einem gespielten Seufzer – jaja, man hat's nicht leicht als Brigadier! – zwängte sich Kostjukow durch die Tür des Wohnheims.

Er ging schnell ins Zimmer. Den Mund leicht geöffnet, die Gitarre an sich gedrückt, saß Vitjurka friedlich schlafend am Tisch. Ihn in diesem Zustand zu wecken war sinnlos: Kostjukow verlor keine Zeit damit.

Mit leichter, fast jugendlicher Bewegung griff er Koffer und Rucksack – außer warmen Socken, die er gegen die naß gewordenen eintauschen wollte, hatte er noch nichts ausgepackt. Die Socken steckte Kostjukow in die Jackentasche. Dann kletterte er aus dem Fenster, das unmittelbar in die Taiga hinausging, und war im nächsten Augenblick bereits in das Fäulnisgeruch verbreitende Dickicht getaucht.

Obwohl hinkend, schritt er schnell aus. Kostjukow wußte, am nächsten Tag, noch in Katerstimmung, würden Wassili und Georgi sich sofort bei ihm über ihre Mütter beklagen, die ihre Kinder nicht geliebt hatten, die sie nie ins Kino ließen. (»Denkt nur daran, sich einen Mann zu angeln, aber von mir kein Wort!«) Sobald sie sich ausgenüchtert hatten, würden sie zur Jagd wollen und ihn bitten, ihnen Patronen zu kaufen oder zu besorgen. Auch um ein Gewehr würden sie betteln, würden sich mit Mädchen amüsieren, saufen, die Mädchen betrunken machen; gerieten sie aber dem Bauleiter unter die Augen und dieser schickte sie zum Teufel, würden wieder ausgeschmückte Berichte über den Taigavater, den Ausreißer, herhalten müssen. Ohne mit der Wimper zu zucken, würden sie behaupten, sie seien hergekommen, um zu arbeiten, um in Kostjukows Brigade aufgenommen zu werden, der aber, ihr leiblicher Vater, wolle sie nicht haben. In diesem Punkt würden sie erbarmungslos lügen. Der Bauleiter würde Kostjukow zu sich rufen, und der, aus Erfahrung wissend, was seine Söhne auf dem Bau wert waren, würde sich in langen, mühsamen, faden Erklärungen ergehen; der Leiter würde übrigens rasch die Partei des Vaters ergreifen, weil er den alten Schlawiner, der wenigstens ranklotzen konnte, sehr wohl von den kernigen Burschen zu unterscheiden wußte, die wiederum nicht ranklotzen konnten; er würde sie ein weiteres Mal zum Teufel schicken, und sie, still geworden und mit gepacktem Rucksack, würden Kostjukow die letzten Rubel aus der Tasche ziehen. Aber auch dann würden sie nicht sofort abfliegen ...

Sich immer am Waldrand oder unter Bäumen haltend, schritt Kostjukow ungesehen durch die Taiga, um direkt auf den Hubschrauberplatz zuzusteuern.

Die Rotoren leicht nach links geneigt, standen zwei Hubschrauber bereit, einer davon mit angelassenem Triebwerk – so ein Glück! –, und Kostjukow hastete, stärker als sonst hinkend, über die grüne Startbahn schnurstracks darauf zu. Doch dann hielt er inne: Die sechs Personen, die dem Hubschrauber entstiegen waren, entfernten sich in entgegengesetzter Richtung. Als letzte ging eine junge Frau. Sie konnte sich umdrehen. Es konnte Olja sein. Kostjukow stellte sich lebhaft vor, wie Olja sich umwandte und eilig auf ihn zukam: »Da bin ich!« – stolz und beflügelt von ihrer ungewöhnlichen reifen Liebe. Sie würde vor ihm stehen, unbekümmert ihr Köfferchen schwenken und ihn mit jungen Augen anlachen ...

Also mußte er warten! Auf fünf Minuten kam es auch nicht mehr an. Kostjukow rauchte eine Zigarette. Die Männer mit den Rucksäcken waren bereits verschwunden. Olja – wenn es Olja war – schritt noch auf offenem Gelände dahin. Gleich würde sie, langbeinig, das Köfferchen in der Hand, ins Niederholz eintauchen.

Kostjukow ging auf den Piloten zu.

»Aah, Pawel Alexejewitsch, guten Tag! Na, wohin wollen wir denn?«

»Ganz weit weg.«

Der Pilot lachte. Er wußte Bescheid. Alle kannten Kostjukow.

»Ich muß zum alten Stützpunkt.«

»Könnten wir nicht schnell mal hinters Plateau zischen?«

»Wo denken Sie hin, Pawel Alexejewitsch, bis dahin schaff ich's nicht.«

»Dann setz mich am Stützpunkt ab, vielleicht kann ich dort auf 'ne andere Maschine umsteigen.«

Der Pilot stieß einen Pfiff aus.

»Eine reicht nicht. Wir hier fliegen jetzt nur im Kreis, und wo du hin willst, das ist ziemlich weit. Zudem ist's dort langweilig. Dahin kommt nur alle halbe Jahre ein Hubschrauber.«

»Mir soll's recht sein.«

»Schön. Aber wir müssen warten. Vielleicht will noch einer mit. Die Zeit ist noch nicht ran.«

Nachdem das Gespräch beendet war, setzte der Pilot eine strenge, offizielle Miene auf, und Kostjukow blieb nichts anderes übrig, als auszuharren. Wie immer bekam er nach zwei Zigaretten hintereinander schneidende Magenschmerzen. Er durchwühlte seinen Rucksack, fand aber nichts Flüssiges, Linderndes. Er paßte und starrte auf den unberührten Wald. Lange betrachtete er die Bäume, als wolle er ein starkes Verlangen in sich wekken. Das Gedächtnis speichert Bilder einmal gesehener Natur, nur kann der Mensch diese Bilder nicht abrufen und sich mit anderen darüber austauschen, so wie man einander vertraute Gedanken mitteilt oder sich darüber austauscht.

Von Sehnsucht erfüllt, dachte Kostjukow an die langbeinige Frauengestalt, die die grüne Startbahn überquert hatte und im Niederholz verschwunden war. Aber er dachte nicht an Olja, sondern an eine andere Frau, ebenso hager, klug und belesen – eine Topographin aus Brjansk. Sie war bereits über dreißig, hatte vom Leben erfahren, was man über das Leben wissen muß, während von Kostjukow damals noch jene gewisse Anziehungskraft ausging, die möglicherweise nur ein Abglanz der Anziehungskraft der Natur war, die er ständig zerstörte.

Wohl in einem Augenblick der Schwäche hatte Kostjukow ihr von seinen Söhnen erzählt. Zuerst hatte sie gelacht, war dann aber, in ihrer feinfühligen Art, sehr ernst geworden. »Sie werden dich verfolgen wie in der griechischen Tragödie!« – »Ja, sieht so aus«, hatte Kostjukow damals gebrummt, obwohl er gar nicht wußte, wovon sie redete. Dann kam der Morgen. Grau, ohne Sonne. Sich ganz offenbarend, schlug die Frau vor, gemeinsam nach Brjansk zu ziehen und dort ein neues Leben anzufangen, es hätte sie doch beide genug in der Weltgeschichte herumgetrieben. Eine Drei-Zimmer-Wohnung stehe leer und warte auf sie, fügte sie hinzu. Wieder hatte eine Frau ihn zu retten versucht, wohl sehr hartnäckig. Kostjukow hatte sie damit abgeschreckt, daß eine Anmeldung unumgänglich sei und seine Söhne ihn daher überall finden würden; und in Brjansk würde es ihnen sicher mehr Spaß machen, herumzuprotzen und sich zu amüsieren, als in der Taiga.

»So«, sagte der Pilot, schob gemessen den Ärmel zurück und sah auf die Uhr. »Wir haben genug gewartet. Jetzt können wir starten.«

Kostjukow knurrte, es sei längst Zeit.

Dort, hinter dem Plateau, konnte es unbetretene Wiesen und Wälder geben, *dort* war alles möglich. Sie flogen über die Taiga, die Kostjukow von oben fast ebensogut kannte wie von unten; heute war er der einzige Passagier. Hinter jeder Flußbiegung tauchten Reihen von hohen alten Tannen auf, immer wieder neue. Sie hatten ihren Sinn, und mitunter entdeckte er an ihnen sogar ein Gesicht mit ganz eigener Zeichnung. Wie stets half ihm diese Empfindung, zu leben und sich gleichsam über sich selbst zu erheben. Und doch fühlte er drückend seine Einsamkeit; aus Einsamkeit klagte er über die schneidenden Schmerzen im Magen, und der Pilot reichte ihm, in aller Ruhe übrigens, durchs Schiebefenster eine Plastflasche mit kaltem starkem Tee in die Kabine. Der Pilot gab sich würdig und gesetzt. Aber Kostjukow kannte ihn noch als blutjungen Schlaks; das war vor etwa fünfzehn Jahren gewesen. Er hatte gerade erst mit dem Fliegen begonnen, während Kostjukow schon vor den Frauen ausriß. Der Unterschied in der Lebenserfahrung war groß. »Ihr Name?« fragte der junge Pilot, um ihn einzutragen, wie es damals üblich war. »Hab keinen«, blaffte Kostjukow ihn an. »Da gibt's nichts einzutragen, sonst stöbert mich meine Frau womöglich noch über die Passagierlisten beim Dispatcher auf.« Der Pilot guckte verdattert – er war noch ganz grün, der erste Flaum sproß ihm gerade erst über die Lippe –, fragte: »Aber was soll ich denn aufschreiben? Ist doch 'ne Belastung für den Motor!« – »Schreib: achtzig Kilo Fleisch.« Nun völlig aus der Fassung, schwieg der Pilot. Kostjukow aber stand da und rauchte. Schließlich rief der Pilot in seiner Verwirrung: »Bürger … Ausreißer!« Mit der befangenen Stimme eines Schülers wiederholte er: »Bürger … Ausreißer …«

»Was ist?«

»Ich muß los. Bitte steigen Sie ein.«

Fünfzehn Jahre waren vergangen, der Pilot war gereift, der Unterschied in der Lebenserfahrung ausgeglichen, wie es sein muß. Mit ausdruckslosem, leicht gelangweiltem Gesicht steuerte der Pilot seine Maschine gleichmäßig über den Tannen dahin, nur einmal rief er: »Ein Fuchs! Hast du den Rotschwanz gesehen?« und lachte kurz auf. Kostjukow stieß einen Fluch aus – gedankenlos hatte er fast den ganzen Tee ausgetrunken. »Oho!« sagte der Pilot, während er die Flasche mit der Rechten entgegennahm und spürte, wie leer sie war.

Kostjukow fiel ein, daß er den Brief an seine Mutter nicht zu Ende geschrieben hatte. Er suchte in den Taschen, fand einen Bleistift.

»... Und mach mir nicht zum Vorwurf, daß Du Dir einen Fernseher kaufen möchtest. Borg Dir doch was, wenn Du unbedingt einen haben mußt! Ich hab kein Geld, schreib mir nicht mehr. Ich wiederhol's Dir noch mal: Ich krepier bald, quäl mich nicht. So sag's auch den Nachbarn. Du bist doch schon achtzig, kannst schlecht sehen, es wird auch ohne gehen, mein altes Mütterchen, wozu brauchst Du einen Fernseher? Dein Pawel.«

3

Von einem Hubschrauber zum anderen überwechselnd, gelangte Kostjukow diesmal bis ans Ende der Welt, wo er Ruhe zu finden hoffte. Die Arbeit hier kannte er besonders gut: Man schürfte auf völlig unberührtem Gebiet. Ringsum wurde die Erde aufgerissen, um die Schicht freizulegen; in Waldungen wurden auf einem kleinen Abschnitt die Bäume gefällt, und stieß man auf einen Hang oder auch nur einen winzigen Hügel, so wurde auch gesprengt, um die Erde so weit wie möglich zu entblößen. Die Ader war über dreißig Zentimeter dick und konnte nicht einfach verschwinden. Sümpfe und Wälder waren in ein dichtes Netz von Quadraten eingeteilt, und dort, wo die Sprengtrupps nicht hingelangten, wurden kleine Gruppen von zwei, drei Personen abgesetzt, zu denen mühselig eine Hubschrauberverbindung aufrechterhalten wurde. Diese Leute, Probenehmer genannt, schürften von Hand.

Zunächst blieb Kostjukow in der Stammgruppe, bei den Sprengleuten; doch dann wurde er plötzlich wieder unruhig und bat, weiter weg, in eine kleinere Gruppe, versetzt zu werden. Stets hatte er das Gefühl, man könne ihn finden. Obendrein ließen seine Nerven nach. Es kam so weit, daß er keine Sprengungen mehr ertrug, daß er beispielsweise nicht mit ansehen konnte, wie eine

Tanne in die Luft flog – schlank, jung, von der Detonationswelle erfaßt, wurde sie zusammen mit einem großen Stück Erdreich, das an ihren Wurzeln haftete, hochgeschleudert; es sah aus, als schwirre sie auf einem kleinen, obendrein mit dichtem grünem Gras bewachsenen Teppich in den Himmel. Während des Fluges bröckelten Erde und Gras immer mehr ab, so daß die Tanne schließlich mit entblößten Wurzeln weiterwirbelte, um dann, als wolle sie in diesem Zustand nicht in höheren Regionen erscheinen, plötzlich abzudrehen und wie ein gefiederter Pfeil, die Spitze nach unten, zu Boden zu schießen. Kostjukow wandte sich nicht ab, stand mit offenen Augen und Ohren da, während ringsum immer neue Detonationen die Erde erschütterten. Nur manchmal, im feuchten Waldesdickicht mit seinen vielfältigen Gerüchen, erschien ihm ein Felsvorsprung oder ein unerwartet auftauchender Findling, in dessen Vertiefungen sich Wasser gesammelt hatte, wie ewig, wie außerhalb der Zeit, doch spürte er bereits, wie unsinnig dieser Gedanke war. Tannen, Bäche, Kräuter – sie waren Menschen mit naiven Kenntnissen gewohnt, aber *die* Zeiten waren vorbei.

Erst bei den Probenehmern fühlte sich Kostjukow sicher und wohl, es sei denn, ihn plagten seine Krankheiten. Dafür aber – diese Stille! Das Kommando führte der alte Apollinarjitsch, ein rühriger, etwa siebzigjähriger Asket, der in Sibirien verliebt war. Sie arbeiteten zu zweit, gruben Versuchsschächte, senkrecht in die Tiefe gehend oder im Winkel geneigt oder auch direkt unter einen Felsen, und entnahmen ihnen Bodenproben zur chemischen Analyse – eine andere Arbeit gab es nicht. Gleich am ersten Tag oder sogar noch in der ersten Stunde hatte Kostjukow den Alten daran erinnert, daß er immerhin Brigadier gewesen sei, doch Apollinarjitsch hatte nur gelacht und ihm genauso geantwortet, wie er selbst seinerzeit den eingestellten Arbeitern: »Ist mir schnurzegal, ob du Brigadier warst, hier buddelst du Schächte. 'ne andere Arbeit gibt's nicht.« Und er hatte hinzugefügt: »Ansonsten zieh Leine! Du hast zwei Tage Zeit zum Überlegen.«

Der Alte war ein bißchen verschroben, aber dieses harte Ultimatum war keine Schrulle oder dumme Laune. In zwei Tagen würde der Hubschrauber kommen, um dann für ein halbes Jahr, mitunter sogar für ein ganzes, zu verschwinden. Entweder Kostjukow flog nach Ablauf dieser zwei Tage mit oder blieb. Er blieb.

Der Herbst verging, der Winter verrann (im Winter hatten sie die gefrorenen Bodenproben zu Pulver zerstoßen, in Säckchen gefüllt, diese etikettiert und sich dann gelangweilt), und der Frühling neigte sich bereits dem Sommer zu. Kostjukow lebte mit der Köchin Djamila zusammen. Auch hier waren sie zu dritt, drei in der Taiga verlorene Menschen, die nicht mehr merkten, wie ein Tag dem anderen folgte. Djamila, eine stämmige, kurzbeinige Tatarin, kochte gut und sauber. In stummer Absprache, auf Taigaart, ohne daß Kostjukow sich dessen groß bewußt geworden wäre, hatten sich die beiden zusammengetan. Djamila war etwas grobschlächtig, brummig, aber nicht ohne Zärtlichkeit – man konnte mit ihr leben, und er tat es.

Sie hatten nur einen kleinen Wohnwagen. Morgens weckte sie gewöhnlich Apollinarjitsch mit Kampfgebrüll.

»He, ihr! Auf zum Schürfen! Unter uns liegen Milliarden! Milliarden!«

Oder: »Hier ist die vorderste Front! Hier ist die Taiga aller Taigas!«

Zur Eile antreibend, sputete er sich selber. Trotz seines Herumgeschreis war er ein ausdauernder Arbeiter, seiner Sache ganz ergeben. Leicht taub, trompetete er Kostjukow, der aufgeschreckt auf dem Bett saß und sich verschlafen die Augen rieb, ins Ohr: »Schneller, du Weiberheld und Faulpelz! Wir müssen buddeln und buddeln, der Planet wartet, Teufel noch mal!«

Kostjukow lachte in sich hinein, aß hastig etwas, und ohne sich zu waschen, zogen sie los zum Ausschachten. Seinem Alter zum Trotz, grub Apollinarjitsch wie ein Wilder, ohne die Stunden zu zählen, ohne das Verlangen, sie zu zählen, bis Sonnenuntergang. Mehrmals war der Alte so in seine Arbeit vertieft gewesen, daß Kostjukow ihn, seinem gellenden Schreien folgend, in der Dunkelheit suchen oder sogar aus einem tiefen Schacht ziehen mußte, weil er nicht mehr selber herauskam. Wie es mit dem Alten enden würde, war fast vorauszusehen. Kostjukow ließ ein Seil hinunter, der Alte schlang es sich um die Hüften, nahm Spaten, Spitzhacke und die Säckchen mit der Erde. »Zieh, du Hund!« donnerte er hinauf. »Los! Zieh stärker! Die Taiga mag keine Waschlappen!« Aber im allgemeinen lebten sie friedlich und einträchtig miteinander, rechnete man die schlimmen Tage ab, an denen Kostjukow sich elend fühlte, denn der Alte war selber nie krank und glaubte nicht an Krankheiten.

Gerade war so eine schlimme Woche angebrochen: Kostjukow hatte aus einem stehenden Gewässer getrunken, bekam Magenkrämpfe und konnte sich vor Schmerzen kaum rühren.

»Wenn du so krank bist, warum lächelst du dann?«

»Wie?« Kostjukow hatte den Mund verzogen – der Alte hielt es für ein Lächeln.

»Warum du lächelst, frage ich.«

Apollinarjitsch war überzeugt, sein einziger Kollege simuliere, wolle ihn täuschen. Er schüttete ihm aufs Geratewohl irgendwelche bunten Tabletten in die Hand und brüllte am nächsten Morgen wieder los: »He, aufstehen, buddeln!« In dieser Woche mißtraute der Alte

Kostjukow besonders. Er glaubte, jener plane, sich insgeheim aus dem Staube zu machen – zwei Hubschraubertage waren nah.

Gegen elf, als die Sonne zu brennen begann, hatte Kostjukow einen Schwächeanfall. Beim Hacken ging es noch, aber sowie er sich bückte, um Erde in die Säckchen zu füllen, wurde ihm schwarz vor Augen, schüttelte es ihn, torkelte er bei jeder Bewegung mit den Schultern gegen die Schachtwände, riß sich an vorspringenden Steinen. Irgendwie schaffte er es, nach oben zu klettern, beschloß, auf eigene Faust eine Pause einzulegen, um nicht wieder das heisere Gebell des Alten hören zu müssen. Apollinarjitsch arbeitete hinter einem Hügel, und solange er dort seine beiden Gruben buddelte, wollte Kostjukow sich ausruhen. Er kehrte zum Wohnwagen zurück. Djamila wollte ihm eilig etwas zu essen machen, doch er wehrte ab, bat nur um Tee, hockte im Freien, trank.

»Du sein schon so dünn.« Djamila saß neben ihm und sah ihn zärtlich an. »Du sein sogar sehr dünn.«

»Ich bin krank.«

»Trink nicht mehr Sumpf, wie kann ein Mensch Sumpf trinken!«

»Mach ich nicht wieder.« Kostjukow lächelte. Sie war dick, von ungewöhnlich kräftiger Statur, sprach fehlerhaft, aber alles war unkompliziert an ihr. Djamila machte Wein aus wilden Früchten, rauchte eine kurze Tonpfeife, trug stets Pluderhosen und darüber ein derbes Kleid mit großen Taschen. Nach dem Tee (er trank Tasse auf Tasse) streckte sich Kostjukow auf der Decke aus, Djamila nahm die Pfeife aus der Tasche, damit sie nicht zerbrach, rutschte näher, kuschelte sich mit ihrem warmen, massigen Körper an ihn, wischte ihm die Schweißperlen von der Stirn.

»Du sein stark.«

Auf seinem Gesicht stand jener harte, anhaltende Schmerz, in dem die Umwelt der Einfachheit halber immer noch das Besondere an ihm, seine Originalität zu sehen glaubte.

»Du sein stark. Du sein süß. Mir sein gut mit dir. Du sein stark und werden bestimmt gesund.«

»Wie?« Kostjukow fuhr aus dem Dämmerschlaf auf.

»Du sein gut. Du sein lieb. Ich lieben niemanden in Leben wie lieben heute«, murmelte sie. Ihr Atem war heiß, begehrlich, sie schob die Pfeife noch weiter weg. Trotz seiner Schwäche begann Kostjukow Djamila zu liebkosen ... Danach lag sie, wie sie es gern mochte, noch eine Weile ruhig da, blickte träumerisch zu den Tannen und ins Himmelblau hinauf. Dabei sprach sie leise vor sich hin, gelöst und voll Anerkennung, auch für sich selbst.

»Ich stehen auch noch in Saft, ja?« murmelte sie mit geschlossenen Augen. »Ich sein vierzig Jahre, ich sein kein kleines Mädchen, ich sein Frau mit Reiz, stimmt's?« Sie war zärtlich, liebevoll.

»Ja.« Kostjukow lächelte matt. Er wälzte sich auf die Seite, drückte die Stirn gegen eine knorrige Zwergkiefer. Die ganze Zeit sah er Dunstwölkchen über einer Wehmut weckenden endlosen, sumpfigen Weite vor sich.

Träge, erschlafft schürte Djamila die Glut, um den Hirsebrei zu wärmen, freute sich am Anblick der Flämmchen, die fahl über die Kohlen tanzten. Kostjukow stand von der Decke auf und ging mit weichen Knien zum Wohnwagen. Die Sonne brannte, aber im Wagen war es kühl. In seiner rechten Hälfte hauste er nun seit einem halben Jahr mit Djamila zusammen; die andere Hälfte bewohnte der rastlose, von Schlaflosigkeit geplagte Apollinarjitsch.

Djamila kam in den Wagen gestapft, setzte sich zu ihm ans Kopfende.

»Mir sein gut mit dir. Hab mich gewöhnt an Mannsgeruch.«

»Wie?«

»Mir sein gut mit dir.«

»Ich hab mich auch an dich gewöhnt«, sagte Kostjukow.

»Vier Jahre lang habe ich ohne Mann gelebt, sein nicht leicht.«

Kostjukow lag da und starrte auf das winzige ausgeblichene Gazefenster, vor dem unverdrossen sommerliche Schnaken summten.

Zweige knackten unter schnellen Schritten – Apollinarjitsch kam zum Hirsebrei geeilt. Djamila spuckte in die Ecke.

»Aber der – pfui! Hat sich noch kein einziges Mal zu mir gesetzt.«

»Laß ihn, Djamila, er ist alt.«

»Das mein ich nicht. Er hat wenig gesprochen, gar nicht gesprochen, hat nicht bemerkt, ob ich Mann bin oder Frau, ob ich Hose trage oder Kleid. Er bloß immer arbeiten, arbeiten ... ›Buddeln, buddeln! Planet vergißt dich nicht!‹« äffte sie ihn gekonnt nach und lachte, freute sich über ihr Geschick, eine fremde Stimme zu imitieren. Dann fügte sie hinzu: »Aber als Mensch ich ihn sehr stark lieben. Er sein guter Mensch.«

Am nächsten Tag ging es Kostjukow so schlecht, daß er nicht aufstehen konnte, nicht einmal, als das Dröhnen des Hubschraubers ertönte – der provisorische Landeplatz war zum Greifen nahe. Kostjukow lag neben dem Wohnwagen auf einer dicken bunten Wolldecke. Der Teekessel stand in Reichweite. Kostjukow richtete sich auf, trank ein paar Schluck direkt aus der Tülle, spuckte die aufgeweichten Teeblättchen aus. Da tauchten aus dem Gebüsch, von Apollinarjitsch und Djamila lärmend begleitet, zwei Männer auf: der Pilot und Tomilin. »Pawel!« Noch im Gehen warf Tomilin den Rucksack ab, Kostjukow ließ vor Überraschung den Teekessel fallen, erhob sich mühsam, um Tomilin zu begrüßen.

»He, beweg dich ein bißchen!« schrie Apollinarjitsch.

»Wie, was?«

»Wie, was ... Tragen helfen!« Apollinarjitsch hatte sich Djamila zugewandt. Sie machten sich daran, Konserven und Lebensmittelkonzentrate vom Hubschrauber in den Wohnwagen zu schleppen.

Tomilin wischte sich Freudentränen aus den Augen.

»Pawel ... Ach, Pawel! Endlich!« Und der ewig und gerne Jammernde berichtete von den Schicksalsschlägen der letzten Zeit: Er hatte geknausert und verdorbenen Fisch gegessen, sich vergiftet und war im Krankenhaus gelandet. Noch während er dort lag und brav seine Diätsuppe löffelte, war Feuer im Wohnheim ausgebrochen. Verbrannt waren seine herrlichen, unverwüstlichen Schuhe, verbrannt war ebenfalls sein alter getreuer Koffer mit den vielen Seitentaschen, verbrannt waren Anuschkas Briefe! »Ihre Mädchenbriefe an mich, ganze vier – so ein Verlust, Pawel!« In die nicht enden wollende Kette der Schläge reihte sich auch ein, daß Vitjurka abgesprungen war – eine Witwe, Lebensmittelverkäuferin (»Ein wüstes Weib, Pawel!«) hatte sich ihn geangelt; nun sangen sie ihre Romanzen zusammen, vergnügten sich, die Witwe klimperte mit auf der Gitarre rum. »Eigentlich bin ich ganz allein geblieben. Wie soll's jetzt weitergehen, Pawel? Wie soll's jetzt bloß weitergehen?«

»Und mich hat's mächtig erwischt, mein Lieber«, murmelte Kostjukow kraftlos.

»Wie dünn du geworden bist!« rief Tomilin.

Sie schwiegen. Durch das Wiedersehen geweckt, kroch die frühere zähe Schwermut hervor, und wohl zum erstenmal im Leben klagte auch Kostjukow: »Mist!

Ich komm aus diesen Schächten nicht mehr raus.« Er knirschte mit den Zähnen.

»Ach, hör auf, Pawel! Und was soll aus mir werden? Ich bin doch extra hierhergeflogen, weil ich so 'ne hervorragende Idee habe!«

»Hast du was zu rauchen mitgebracht?«

»Na klar!«

Inzwischen trugen Apollinarjitsch und Djamila die innerhalb eines halben Jahres angesammelten Säckchen mit den Bodenproben zum Hubschrauber. Eine Belomor qualmend, wanderte der Pilot auf und ab und betrachtete mit der Neugier eines Fremden das Ende der Welt – er war offensichtlich Neuling, ganz bestimmt Neuling, schon allein deshalb, weil er Kostjukow nicht kannte und dieser ihn nicht. Nachdem Tomilin einen Blick auf den umherschlendernden Piloten geworfen hatte, verdunkelte sich sein Gesicht plötzlich, ein Augenlid zuckte, und er flüsterte: »Pawel! Hör zu, Pawel, entschuldige bitte, aber ich hab deinen Lümmeln verraten müssen, daß du hier bist.«

»Bist du verrückt geworden?« Kostjukow knirschte erneut mit den Zähnen.

»Entschuldige bitte, du weißt, ich bin ein Schwächling. Sie haben mich in die Mangel genommen, haben mich gepiesackt wie Bremsfliegen. Dieser Kraftprotz, der Waska, hat mich an der Brust gepackt und geschüttelt und geschüttelt. Alle Knöpfe sind abgerissen ...« Tomilin seufzte. Dann fuhr er fort: »Hoffentlich kommen sie nicht schon morgen mit dem Hubschrauber, diese Rabauken!«

Kostjukow schwieg.

Hastig begann Tomilin von seiner Idee zu sprechen: »Pawel, komm, wir gehen nach Rußland zurück, in eine große Stadt, vielleicht sogar nach Moskau. Ich kenne Moskau doch. Wir nehmen uns zusammen eine Wohnung. Stell dir mal einen Moment lang vor: Zwei alternde Junggesellen ziehen jeden Morgen brav zum Dienst. Nein, 'ne sitzende Beschäftigung ohne Staub und Dreck, gerade das Richtige für Rentner. Dafür bummeln wir nach getaner Arbeit friedlich durch den Park, die neuesten Zeitungen in der Hand, setzen uns auf eine Bank ...«

Kostjukow stöhnte auf. Ein schneidender Schmerz fuhr ihm durchs Gedärm. Er griff sich an den Unterbauch, krümmte sich, dann stand er schwerfällig auf und torkelte zum Gebüsch.

»Bin gleich wieder da«, krächzte er, während Tomilin, nicht imstande, sofort umzuschalten und seinen Traum zu unterbrechen, ihm nachschrie: »Und wenn wir in Moskau sind, gehen wir zum Grab meiner Annuschka, nein, nein, nicht oft, über Friedhöfe latschen ist das Letzte, wir gehen lieber öfter in den Zirkus, in die Operette, ja?«

Der Himmel hatte sich bezogen, die Taiga verfinsterte sich, die schweren, düsteren Tannen setzten zu ihrem langsamen wiegenden Tanz an. (Wenn kein Flugwetter ist, landet morgen auch kein Hubschrauber!) Kostjukow zwängte sich mit zittrigen Knien ins Gebüsch, schrie zurück: »Gleich ... Warte.«

Und sie kamen: Wassili, Georgi und noch ein dritter, unbekannter, verlegener junger Bursche, auch ein Sohn Kostjukows, der sich als Andrejka vorstellte. Es war ein sonniger Tag.

»Grüß dich, Vater! Da sind wir! Alter Gauner, wolltest dich doch nicht etwa vor uns verstecken?« grölte Wassili und steuerte mit seinem wiegenden Gang direkt auf die Decke zu, auf der Kostjukow lag. Dabei reckte er die Brust und ließ die Armmuskeln spielen – erstaunlicherweise machte Wassili nie einen unausgeschlafenen, abgekämpften Eindruck; sein Gesicht war immer frisch und munter.

Von Schmerzen entkräftet, war Kostjukow eingeschlummert; nun setzte er sich auf, drängte die aufkommenden Schwächetränen zurück, lächelte den Söhnen zu und lehnte sich mit dem Rücken bequemer gegen einen Baumstumpf. Er sah sie an, und sie sahen ihn an. Vom Himmel strahlte die Sonne. Der dritte, der sich als Andrejka vorgestellt hatte, strich sich verlegen den zarten Bartflaum über der Oberlippe. Kostjukow hatte ihn das letztemal als Zweijährigen gesehen, dann war er dem Ruf der Taiga gefolgt. Seitdem war natürlich viel Wasser den Berg hinuntergeflossen, und jetzt erkannte er den Sohn nur an seinem Namen.

Wassili und Georgi rauchten. Gierig hatten sie nach den angebotenen Zigaretten gegriffen – Wassilis Hände zitterten geradezu, als er ein Streichholz aus der Schachtel angelte.

»Geld hab ich nur ganz wenig, Wassja«, sagte Kostjukow leise, fast schuldbewußt.

»Wieso?«

»Mit Geld steht's hier schlecht.«

Kostjukow holte aus der Jackentasche sämtliche Rubelscheine, die er besaß.

»Hast du etwa auch nichts zum Trinken?«

»Nein.«

Wassili beugte sich hinunter, nahm die Scheine und bemerkte rüde: »Bist ganz schön knickrig, Vater.«

Der dritte war anders, der dritte erwies sich als überraschend gutherzig. Andrejkas Gesicht überzog sich beim Anblick des Geldes purpurfarben.

»Macht nichts, macht nichts«, erwiderte Georgi munter. »Wir schütteln den Vater zum Abend noch mal durch. Aber richtig! Die paar Lappen reichen uns gerade zum Warmmachen.«

Die Krankheit raubte Kostjukow jegliche Kraft und Willensstärke, Wassili und Georgi aber begriffen das nicht, waren unfähig, ihn zu schonen. Andrejka sah Kostjukow anders: Das ist also mein Vater! Er strich sich verlegen den jungen Bart, doch auch er konnte seine – vorerst nur zaghafte – Enttäuschung nicht verbergen. Aber er begrüßte seinen Vater wenigstens, kam näher, wollte ihm etwas sagen.

»Ich ...« Andrejka zögerte. »Weißt du, wie ich mir dich immer vorgestellt habe? Groß und stark.«

»Ich bin krank.« Kostjukow sah seinen Sohn liebevoll an.

Sie schwiegen.

»Ich bin nicht wegen Geld hier, ich wollte dich sehen. Ehrenwort.«

»Jaja, guck ihn dir nur an«, stimmte Wassili zu. »Unser Vater ist ein ganz besonderes Exemplar. Solche wie ihn gibt's bestimmt nicht noch einmal, Andrejka. Er kennt das Leben wie kein anderer. Und wenn er erst anfängt, von der Taiga zu erzählen, hältst du die Luft an.«

Georgi mischte sich ein.

»Andrejka hab *ich* erkannt und gefunden, Vater! Eines Tages seh ich an einer Planierraupe jemanden stehen. Der kommt dir doch so bekannt vor, denk ich. Den guckste dir mal näher an. Zwar nicht die gleichen Augen, auch nicht die gleiche Nase, aber 'ne gewisse Ähnlichkeit war da. Ich frag ihn, wie er heißt, wo er herkommt, und was stellt sich raus? Ein Brüderlein!«

»Aber ich bin nicht wegen Geld hier«, wiederholte Andrejka mit brüchiger Baßstimme.

Zum Arbeiten waren sie natürlich nicht ans Ende der Welt gekommen, und Apollinarjitsch hatte sich in ihnen mächtig geirrt – er scharwenzelte um sie herum, versuchte sie zu beschwatzen: »Jungs, ihr seid solche Adler!

Bleibt hier und arbeitet bei uns!« Die Jungs, die beiden älteren jedenfalls, erwiderten lachend, sie hätten gar keine Zeit und Adler würden auch lieber fliegen als arbeiten. Kostjukow döste ein. Der Himmel blieb weiterhin klar. Die Söhne langweilten sich natürlich. Als sie begriffen hatten, daß es hier keinen Laden gab und ihr Herr Papa so wenig Geld hatte wie nie, schnüffelten sie umher und hatten bald Djamilas Wein entdeckt. »Teufel, Teufel!« kreischte sie, worauf sie nicht ohne Schärfe erwiderten, sie seien keine Teufel, sondern Adler. Auch ein Glas fand sich. Nachdem die Adler Djamilas Weinvorrat für zwei Wochen in sich hineingekippt hatten, schlugen sie mit den Flügeln und bedrängten die beiden Piloten, die gerade eine Konservenmahlzeit hielten, ob sie nicht sofort starten könnten, was sie in dieser öden Gegend noch sollten und seit wann denn Hubschrauber genaue Abflugzeiten hätten, so wie Eisenbahnzüge Abfahrtszeiten. Das war Apollinarjitsch denn doch zu bunt.

»Buddeln!« brüllte er. »Buddeln sollt ihr, ihr faulen Säcke!«

Er packte sie am Arm. »Buddeln sollt ihr!«

Wassili wehrte ihn ab.

»He, alte Bisamratte, bist wohl völlig übergeschnappt, was?«

»Buddeln!« winselte Apollinarjitsch. »Wenn ihr schon hier seid, dann helft mit, warum soll ich allein Gruben ausheben?«

»Wir heben dir gleich 'ne Grube aus, du glatzköpfiger Floh«, versprach Wassili. »Die letzte, 'ne andere brauchst du nicht mehr.«

Der Alte griff zum Gewehr, brüllte, sie seien hier in der Taiga, in den Sümpfen und nicht in 'ner Kneipe und er würde sie alle auf der Stelle umlegen. In der Taiga gebe es immer nur einen Herrn – die Taiga! Und er feuerte direkt über ihre Köpfe hinweg einen Schuß aus der

Doppelflinte ab. Ein Zweig war glatt durchschossen, rauschte herab, ihm folgten Tannenzapfen, dann rieselten Nadeln und, ganz langsam, ein paar Blätter nach.

»Mach keine Dummheiten, Opa!« entgegnete Georgi gelassen. »Überleg doch selbst: Wann sollen wir buddeln? Wir fliegen in drei Stunden.«

»Dann buddelt wenigstens die drei Stunden!« Apollinarjitsch war nicht kleinzukriegen.

Sie buddelten auch nicht eine Minute. Sie nahmen dem Alten das Gewehr mitsamt den Patronen weg und gingen zur Jagd. Um den Abflug nicht zu verpassen, blieben sie ganz in der Nähe, ballerten wild umher, trieben ihre Späße, rissen sich gegenseitig die alte Flinte aus der Hand. Müde und verwirrt stolperte Andrejka den übermütigen Brüdern nach. Sie umgingen den Sumpf. Derweil lag Kostjukow auf der bunten Decke – erschöpft, fiebernd, schwitzend. Er hörte die Jungen schießen, hob ab und zu matt die Augenlider. »Bleib bei mir sitzen«, bat er Tomilin. Tomilin blieb.

Um seine Flinte bangend – man brauchte sie im Wald, außerdem ist sie ein Prestigegegenstand –, trottete Apollinarjitsch hinterher und flehte die Burschen an, die Patronen nicht unnötig zu verballern. In der Aufregung hatte er vergessen, die Stiefel anzuziehen, und hüpfte nun von einer Bülte zur anderen. Schließlich hatten die beiden genug. Auf dem Rückweg hielt der Alte sein Gewehr fest an die Brust gepreßt, ihm schien, es sei besudelt.

Im Gänsemarsch zogen sie den Pfad entlang.

»Was ist eigentlich mit unserem Vater?« fragte Wassili.

»Hä?«

»Was mit Vater ist, frag ich.«

»Mit eurem Vater geht's zu Ende«, stieß der Alte wütend hervor.

»Kann nicht sein.«

»Hab in meinem Leben genug Leute mit solchem Durchfall gesehen. Bald wird er phantasieren. Ich geb ihm höchstens noch ein, zwei Tage.«

»Er stirbt?« Die Jungen waren sichtlich aus der Fassung.

Apollinarjitsch fuhr fort: »Euer Vater hat übrigens viel gearbeitet, ehrlich gearbeitet. Wenn er stirbt, werden vielleicht seine Kinder so weiterarbeiten – vielleicht bleibt ihr doch hier?«

»Nein«, war die einhellige Antwort.

»Schade.« Apollinarjitsch schüttelte den Kopf. »Dann bleibt wenigstens noch ein, zwei Tage, bis er tot ist – ihr seid doch immerhin seine Söhne. So drücken ihm keine fremden Hände die Augen zu und schaufeln ihm keine fremden Hände das Grab.«

Georgi durchschaute das Manöver des Alten.

»Ein, zwei Tage länger bleiben? Und der nächste Hubschrauber kommt erst in einem halben Jahr – nee, Opa, such dir 'n paar andere Dumme!«

»Hundesöhne!« murmelte der Alte.

Nachdem Apollinarjitsch sein Gewehr in den Wohnwagen gebracht und es sorgfältig mit ein paar Lappen zugedeckt hatte, eilte er mit Herzklopfen und immer noch bebenden Händen zum Kessel, zum warmen Hirsebrei – in dem Durcheinander war er noch nicht zum Mittagessen gekommen.

Die Jungen standen ein paar Schritt von Kostjukow und dem sich über ihn beugenden Tomilin entfernt und beratschlagten halblaut. Andrejka schlug vor, den Vater mitzunehmen und in ein Krankenhaus zu schaffen. »Mitnehmen?« Georgi überlegte. Er warf den Zigarettenstummel fort und trat zu Kostjukow, um ihm die Stirn zu fühlen.

Wassili protestierte.

»Ins Krankenhaus? Das macht bloß Scherereien! Weißt du, ob wir ihn gleich unterkriegen?«

»Nein.«

»Na bitte. Auf mich wartet 'ne Ische, die zählt schon die Tage. Das ist was anderes, als wenn du verheiratet bist. Die fackelt nicht lange.«

Georgi kehrte zurück und prustete verächtlich.

»Der Alte spinnt! Daß unser Vater an Dünnpfiff krepiert – das gibt's gar nicht, der ist doch unverwüstlich!«

»Meine ich auch. Der alte Floh spinnt, er will uns nur in eine Falle locken. Er träumt davon, daß der Hubschrauber ohne uns abfliegt.«

Da rief auch bereits der erste Pilot von weitem: »He, ihr! Es geht gleich los.«

»Wir kommen schon.«

Sie klopften dem Vater zum Abschied leicht auf die Schulter. Ganz durcheinander, neigte sich Andrejka über den Liegenden, küßte ihn und rannte den anderen nach zum Hubschrauber. Kaum saßen sie in der Kabine, als die Maschine auch schon abhob. Der Pilot des zweiten Hubschraubers ging auf und ab, kickte eine leere Konservendose – er hatte noch anderthalb Stunden Zeit.

»Komm mit«, bat Tomilin Kostjukow.

Er schimpfte laut auf Kostjukows Söhne, schimpfte auf die Taiga, die ihnen die Kraft ausgesaugt hätte, schimpfte auf das ganze Leben, schwor, er werde Kostjukow auf keinen Fall im Stich lassen, sie seien einander doch wie Brüder. »Du und ich, wir beide«, bekräftigte er. »Ich kann dich doch hier nicht allein lassen, Pawel.«

»Ich schaff's nicht mehr.«

»Natürlich schaffst du's. Ich helf dir. Wir ziehen in eine große Stadt.«

Kostjukow lächelte schwach.

»Und was wird aus den unbetretenen Wiesen und Wäldern?«

»Es reicht, Pawel, wir sind alt, es wird Zeit, daß wir an unseren Seelenfrieden denken.«

»Ja.«

»Wir schaffen es, Pawel. Ich helf dir. Ich bin nicht so schwach, wie du denkst, du wirst mich schon noch schätzenlernen.«

Tomilin redete und redete. Nach und nach verschwammen Kostjukow seine eingefallenen Wangen vor den Augen – das Delirium setzte ein. Kostjukow glühte, aber die Taiga ringsum schien ihm kühl. Er sah weder Riesen noch Zwerge noch seine alte weißhaarige Mutter vor sich – er sah nur ein kaltes Bergtal, war selber ein weißer Schmetterling, der in Richtung Plateau flog, und Dutzende, Hunderte von Kindern, seine Kinder – Jungen in ausgebeutelten Schulanzügen, halbwüchsige Mädchen in Schulkleidern –, jagten ihn unermüdlich mit ihren Keschern, die neben ihm durch die Luft pfiffen …

Über ihn gebeugt, wiederholte Tomilin: »Wir sind alt geworden, Pawel. Wir können uns nicht länger so in der Weltgeschichte rumtreiben.« Tomilin wurde pathetisch: »Wir haben unsere Arbeit geleistet! Wir sind's, die die Siedlungen gebaut haben! Wir sind's, die die Sümpfe bewohnbar gemacht haben! Wir dürfen uns zur Ruhe setzen, Pawel.«

Djamila weinte. Sie hatte zuviel geraucht, hockte nun in unruhiger Trance neben ihnen und rieb sich mit der kurzen Tonpfeife die Wange. Etwas weiter weg saß Apollinarjitsch, löffelte gleichmütig und unbeirrbar seinen Brei aus dem Kessel, mahlte Scheibe um Scheibe von dem mitgebrachten frischen Brot. Kostjukow streckte sich plötzlich, stöhnte laut auf, verstummte – er lag in den letzten Zügen.

Tomilin begriff, brach in Schluchzen aus. Neben ihm hockte Djamila, spielte mit der Pfeife, weinte.

»He, es geht los!« rief der zweite Pilot.

Tomilin küßte Kostjukow und erhob sich langsam. »Ade, Pawel!« murmelte er mit bebender Stimme. »Möge die Erde dir leicht sein wie Daunen!« Tomilin ging zum Hubschrauber, sah sich immer wieder um, Tränen rannen ihm über die Wangen, er leckte sie weg. Tomilin hatte die Hand schon am Geländer der kleinen Gangway, als Djamila, die ihm nachgerannt war, ihn schreiend zurückzog.

»Was willst du?« Er versuchte sich frei zu machen.

»Apollinar! Apollinar! Alter!« rief Djamila und krallte sich in Tomilins Ärmel.

Nur ungern riß sich Apollinarjitsch von seinem geliebten Hirsebrei los und kam zum Hubschrauber gezokkelt. Zuerst glaubte er, die Köchin wolle sich davonmachen und ihn, den alten Mann, hier völlig allein anzurücklassen, oder sie wolle sich vor Kummer etwas antun. Aber sie hatte weder vor zu fliehen noch Hand an sich zu legen. Kurz und bündig erklärte Djamila, sie brauche »gutes Gespräch, Zärtlichkeit«, und da Kostjukow sterbe, solle wenigstens Tomilin hierbleiben, andernfalls würde sie mitfliegen. »Ich sein Frau mit Reiz ... Frau mit Reiz ...«, beharrte sie stumpf. Da stellte sich Apollinarjitsch Tomilin in den Weg und schrie dem Piloten zu: »Flieg los, er bleibt hier.«

»Weg vom Rotor!«

Der Motor heulte auf. Tomilin rannte, aber der Hubschrauber war schon in der Luft.

Apollinarjitsch winkte dem Piloten nach. Kostjukow lag ausgestreckt auf der Decke; er war an der Grenze zwischen Leben und Tod. Die Agonie preßte ihm die Kehle zusammen, er röchelte, doch Gott gab ihm einen leichten Tod. Bevor Kostjukow die Grenzlinie überschritt, hörte er noch den Lärm des Hubschraubers. Wie früher sah er unbetretene Wiesen und Wälder vor sich;

ihm war, als säße er lächelnd in der geräumigen Kabine des dröhnenden Hubschraubers, flöge irgendwohin und bäte unentwegt: »Weiter, Jungs. Noch weiter. So weit weg wie möglich ...«

Kljutscharjow und Alimuschkin

1

Ein Mensch bemerkte: Je mehr Glück er im Leben hatte, desto mehr Pech hatte ein anderer, konkreter Mensch – er entdeckte es ganz zufällig und unerwartet. Es gefiel ihm nicht. Er war nicht so gleichgültig, daß er feierte, wenn nebenan jemand bitterlich weinte; es kam aber so, oder fast so. Er mochte die Sache drehen und wenden, wie er wollte, es blieb dabei. Und so gewöhnte er sich daran.

Einmal ertrug er es nicht länger, ging zu dem anderen und sagte: »Ich hab immer Glück und du immer Pech. Das bedrückt mich. Und behindert mein Leben.«

Der Mensch, der immer Pech hatte, begriff nicht. Wollte ihm auch nicht glauben.

»Unsinn«, erwiderte er. »Die Dinge stehen in keinem Zusammenhang. Ich hab wirklich viel Pech, aber das hat doch nichts mit dir zu tun.«

»Trotzdem quält es mich.«

»Unsinn. Denk nicht darüber nach. Bleib ruhig.«

Er ging. Er lebte weiter. Und litt weiter, weil es dem anderen immer schlechter ging. Er aber hatte Glück. Ihm lachte stets die Sonne, ihm lächelten die Frauen zu, er geriet an umgängliche Vorgesetzte, und auch in der Familie lief alles glatt und friedlich. Da knüpfte er in Gedanken ein Gespräch mit dem lieben Gott an.

»Es ist ungerecht«, sagte er. »Das Glück des einen scheint immer das Unglück des anderen zu sein.«

»Warum soll das ungerecht sein?« fragte der liebe Gott.

»Weil es grausam ist.«

Der liebe Gott überlegte, dann meinte er seufzend: »Es gibt zuwenig Glück.«

»Zu wenig?«

»Na ja … Versuche mal, acht Menschen mit einer Decke zuzudecken. Wieviel bleibt da für jeden?« Und der liebe Gott flog davon. Der liebe Gott war verschwunden und hatte ihm keine oder nur eine nichtssagende Antwort auf seine Frage gegeben, hatte das Ganze gleichsam mit einem Scherz abgetan.

Und da dachte der Mensch nicht weiter nach – schließlich kann man ja nicht ewig über ein und dasselbe nachdenken; es ermüdet. Eigentlich ist das die ganze Geschichte. Aber hier kommt es auf Einzelheiten an … Kljutscharjow war wissenschaftlicher Mitarbeiter, Mathematiker, glaube ich, ja, Mathematiker. Seine Familienverhältnisse waren normal, seine Wohnverhältnisse normal, und auch sein Leben lief im wesentlichen in normalen Bahnen – die Aufeinanderfolge von hellen und dunklen Strähnen führte zu einem gewissen Mittel, daß man eben mit den Worten »normales Leben« charakterisiert.

Aus dieser »Normalität« fiel eine Eigenart Kljutscharjows heraus: seine etwas gewollte Geistreichelei. Eines Tages fand er auf dem Weg von der Arbeit im Schnee ein Portemonnaie mit, glaube ich, zehn Rubeln. Prompt sagte er zu sich selber: »Gratuliere. Allein dafür hat sich's gelohnt zu leben.«

Sofort schrieb Kljutscharjow lächelnd eine ganz normale Mitteilung: Soundso … ein Portemonnaie habe sich angefunden, der Besitzer solle sich melden. Er hinterließ seine Adresse und pinnte den Zettel an die Aushängetafel auf dem Hof des nächsten Hauses. Es war Winter. Um den Zettel zu schreiben und anzubringen, mußte er seine Aktentasche in den Schnee stellen. Das Blatt Papier flatterte im Wind, hielt aber. Daß sich weder am selben noch am darauffolgenden Tag jemand bei ihm meldete, war nicht so verwunderlich wie die Tatsache, daß am nächsten Tag der Abteilungsleiter, ein Nörgler, Despot und ausgesprochener Neider, Kljutscharjow überraschend anbot, einen Artikel für eine bedeutende wissenschaftliche Zeitschrift zu schreiben. Und er bestand nicht einmal auf Mitautorenschaft! Deshalb rief Kljutscharjow auch abends schon von der Tür aus seiner Frau zu: »Ich hab eine Glückssträhne erwischt!«

Kljutscharjows Angetraute war eine stille, bescheidene Frau, und Glück, gleich welcher Art, verwirrte, ja ängstigte sie geradezu. So hatte sie es sich zum Beispiel sehr zu Herzen genommen, daß keiner wegen des Portemonnaies gekommen war.

Etwas später, noch am selben Abend, teilte sie Kljutscharjow mit, sie habe eine Neuigkeit. Sie habe sie ganz vergessen, und jetzt erinnere sie sich wieder.

»Aha!« Kljutscharjow lachte. »Deine Freundin hat angerufen!«

»Ja.«

»Na, wie hab ich das erraten?« Das war ein scherzhafter Ausfall gegen eine frühere Arbeitskollegin und Freundin seiner Frau, die noch immer als deren Freundin galt. Sie arbeiteten seit langem auf verschiedenen Stellen, seit langem hatte seine Frau die Kollegin nicht gesehen, doch telefonierten die beiden von Zeit zu Zeit miteinander. Sie unterhielten sich über ihre Kinder, über Einkäufe. Sie telefonierten immer seltener. Unter dem Druck der Zeit hätte dieser Rest Frauenfreundschaft längst eingeschlafen sein müssen, aber einstweilen bestand er, in ein Fernsprechkabel gepreßt.

Seine Frau schwieg. Es verdroß sie, daß die Freundschaft mit der Kollegin immer mehr einschlief und ihr Mann sich über ihre Telefonkontakte lustig machte. Einlenkend erkundigte sich Kljutscharjow: »Was ist es denn für eine Neuigkeit?«

Da erzählte seine Frau, Alimuschkin habe Ärger auf Arbeit und sei überhaupt ziemlich am Ende, heiße es.

»Alimuschkin?« Kljutscharjow zuckte die Achseln. Er konnte sich beim besten Willen an keinen Alimuschkin erinnern. Eigentlich war er es gewohnt, daß seine rührige Frau sich gerne um alle möglichen Leute kümmerte. Doch dann entsann er sich. Er hatte den Mann zweimal gesehen. »Alimuschkin ... ist das der, der damals nur so vor Witz und Geist sprühte und die Gesellschaft so glänzend unterhielt?«

»Genau der«, bestätigte seine Frau und fügte im selben Atemzug hinzu, ob Kljutscharjow ihn nicht mal besuchen könne, sie habe sich extra seine Adresse notiert. Die Stimme der Frau klang ernst, fast bewegt. Gedankenlos nahm Kljutscharjow den Zettel mit der Adresse und konnte sich eines verächtlichen Schnaubens nicht enthalten: Zum Schießen, diese Frauen! Nur sie konnten auf solche Ideen verfallen! Einfach so bei einem kaum bekannten Typ aufzutauchen und zu sagen: Grüß dich, mein Lieber, ich hab gehört, du bist am Ende!

»Wie komm ich denn dazu, ihn zu besuchen? Ich hab ihn nur zweimal in meinem Leben gesehen.«

»Und ich nur einmal.«

Ohne Zweifel: ein schlagendes Argument.

»Du mußt zugeben«, setzte seine Frau den Angriff fort, »daß es angemessener und besser ist, wenn ein Mann ihn besucht.«

»Egal, ob angemessener oder nicht, ich geh jedenfalls nicht zu ihm. Ich hab keine Zeit.«

Zum Streit kam es nicht. Die Kljutscharjows lebten friedlich miteinander. Seine Frau gestand sogar ein, zu weit gegangen zu sein. Sie sprachen von etwas anderem:

von ihrem Sohn, der in die 10. Klasse ging, und seinen großen Erfolgen im Sport, genauer gesagt, im Turnen.

2

Kljutscharjow würde die seltsame Bitte seiner Frau vergessen haben, hätte nicht am selben Abend ein weiteres Telefongespräch stattgefunden. Kljutscharjow rief einen Freund namens Pawel an. Nicht selten geht eine Redewendung aus einem Gespräch in ein anderes über. Solch eine Wendung ist kurzlebig; anscheinend möchte auch sie gerne länger leben. Statt einer Begrüßung fragte also Kljutscharjow seinen Freund schalkhaft: »Na, wie geht's? Du bist doch hoffentlich nicht auch am Ende?«

Aber nein, entgegnete Pawel, er sei nicht am Ende, wie er darauf komme.

Lachend erklärte Kljutscharjow, das habe er nur so dahingesagt, das sei so eine gängige Redensart. Sie hätten zum Beispiel einen Bekannten, einen gewissen Alimuschkin, der sei am Ende.

»Alimuschkin?« fragte Pawel zurück. »Mit dem arbeite ich doch zusammen!«

»Na so was! Die Welt ist klein.«

»Er sitzt im Nebenzimmer.« Und Pawel fügte hinzu, Alimuschkin sei kein schlechter Kerl, nur hätte ihn irgendwas aus der Bahn geworfen, irgendwas sei mit ihm, er könne überhaupt nicht arbeiten.

»Und warum nicht?«

»Weiß der Kuckuck. Er ist ein Muffel. Um ehrlich zu sein, ich geh Muffeln lieber aus dem Wege.«

Darin waren sie sich einig: auch Kljutscharjow mochte keine Muffel. »Dann schon lieber Säufer«, meinte er. Ihm fiel Alimuschkin wieder ein. »Aber hör mal, wieso Muffel, das war doch ein blitzgescheiter Bursche, der hatte Witz und Geist!«

Pawel stieß einen Seufzer aus. Dann folgte eine tiefe, ewige Wahrheit: »Wie gewonnen, so zerronnen.«

Kurz vor dem Schlafengehen machte Kljutscharjow noch eine Runde ums Haus, um, wie er sagte, Luft zu schnappen. Während er die ausgetretenen, verschneiten Pfade entlangschritt, kreiste dieses »Wie gewonnen, so zerronnen« ständig in seinem Kopf. Ein seltsamer Gedanke kam ihm: Wenn das Unglück dieses Alimuschkin nun sein Glück war? Er dachte an das Angebot seines Abteilungsleiters, einen Artikel zu schreiben, dachte an das Portemonnaie und lachte sich selber aus: Alberne Hirngespinste! Es war auch nur eine spielerische, flüchtige Anwandlung gewesen. Es frostete. Über ihm waren die Sterne. Er blickte sinnend zu ihnen auf. Es gibt so viele, dachte er. Der Himmel ist riesig, und die Sterne haben soviel menschliches Glück und Unglück gesehen, daß sie längst abgestumpft und in ihrer Gleichgültigkeit erstarrt sind. Denen ist alles egal. Die mischen sich nicht ein und schicken dem einen Erfolg und dem anderen Mißerfolg.

Aber auch am folgenden Tag konnte Kljutscharjow diesen Gedanken nicht ganz loswerden. Abends besuchte er Kolja Krymow, einen Freund. Bereits im Flur, während er den Mantel auszog, hörte er die Ausrufe: »Wie? Sie haben noch nichts von Kolja Krymows neuer Flamme gehört?« oder, in fast marktschreierischem Ton; »Stellt die Gläser hin! Rührt die Flaschen nicht an, geduldet euch! Jeden Augenblick muß Kolja Krymows neue Freundin erscheinen.« Witzeleien dieser Art hingen die ganze Zeit im Raum. Die anwesenden Männer und Frauen waren um die fünfunddreißig; sie meinten, die beste Methode, miteinander Umgang zu pflegen und sich zu amüsieren, sei, den Gastgeber auf die Schippe zu nehmen. Kolja Krymow protestierte nicht, im Gegenteil, es schmeichelte ihm. Und dann kam sie! Ihr Nachname war Alimuschkina. Sie war eine sehr schöne Frau.

In dieser feucht-fröhlichen Tischrunde fragte Kljutscharjow Kolja, ob er nicht heiraten wolle. Während man sich von allen Seiten um die Alimuschkina bemühte und irgendein Lyriker ihr eine Widmung in seinen Gedichtband schrieb, antwortete Kolja, ja, er wolle heiraten. Dabei errötete er leicht. Er liebte klare Formulierungen. Eine neue Affäre sei unmoralisch, sagte er. Aber eine neue Heirat sei so etwas wie eine Forschungsreise. Gerade stellte man fest, daß einer der Gäste ein Gläschen zuviel getrunken hatte; Kolja Krymow schaffte ihn hinaus und wollte ihm ein Taxi besorgen. So kam es zu einem kurzen Gespräch zwischen Kljutscharjow und der Alimuschkina.

Nur Koljas leerer Stuhl trennte sie, und Kljutscharjow sprach sie einfach so, ohne einen Hintergedanken, an.

»Na, was macht Ihr Alimuschkin?«

»Ach, zum Teufel mit ihm!« Die Schöne winkte ab. »In einer Tour geht das: Ich bin am Ende, ich bin am Ende ...«

»Nölt er also rum?«

»Das nicht, aber er sagt stundenlang kein Wort.«

Die Alimuschkina hatte etwas Verwegenes, Herausforderndes an sich. Schöne Frauen dieser Art kannte Kljutscharjow bisher nicht, er hatte nur manchmal welche auf der Straße gesehen, und sie hatten stets einen Begleiter, mitunter sogar zwei.

Eine Pause entstand. Dann sprach die Alimuschkina weiter. Es kostete sie nichts; sie hatte eine flinke Zunge und einen kühnen Blick.

»Um die Wahrheit zu sagen, ich liebe ihn nicht mehr, wohne bei einer Freundin. Ich bin mein eigener Herr, kann Parties besuchen und mich amüsieren, soviel ich will.«

Ihre Augen waren ganz nah.

»Kann es sein, daß Sie erst zu der Freundin gezogen sind, und dann ging es mit ihm bergab?« fragte er.

»Aber ich bitte Sie!« rief sie. »Im Gegenteil.«

Ihr war anzusehen, daß sie die Wahrheit sagte. Damit war das Gespräch beendet, und die Alimuschkina wandte sich ihrem Nachbarn von links zu. Kljutscharjow aber ertappte sich wieder bei dem Gedanken: Wenn mein Glück wirklich auf Alimuschkins Unglück beruht, so grübelte er, hätte seine Frau heute ein Auge auf mich geworfen. Die Gelegenheit war günstig. Aber sie hat ein Auge auf Kolja Krymow geworfen. Leider.

Leicht angetrunken verließ er die Gesellschaft. Er kam sich irgendwie verloren vor; alles schien grau in grau. Er überlegte, was er seiner Frau sagen würde, er hatte ihr nicht mitgeteilt, daß er später käme. Er zog den Zettel mit Alimuschkins Adresse aus der Tasche. (Alimuschkin wohnte ganz in der Nähe) und ... fuhr zu ihm, um wenigstens eine Rechtfertigung vor seiner Frau zu haben. Alimuschkin schlief. Es war spätabends. Kljutscharjows Aufkreuzen um diese Zeit war natürlich sonderbar, und Kljutscharjow wußte nicht, wovon er reden sollte.

»Schläfst du schon? Die Leute sagen, du bist am Ende«, begann er. Seine Stimme klang fast vorwurfsvoll.

Alimuschkin schwieg. Benommen stand er vor ihm, gähnte. Kljutscharjow spürte die Peinlichkeit der Situation und ging zum Sie über.

»Ich hoffe, Sie erinnern sich an mich. Wir haben uns mal in der Bibliothek gesehen. Und einmal waren wir zusammen auf einer Party bei Freunden.«

Alimuschkin nickte.

»Ja, ich erinnere mich.«

Er war noch völlig verschlafen. Dann schien er sich plötzlich zu besinnen, fragte: »Soll ich Tee machen?«

»Nein, nein, ich bin nur auf einen Sprung hier.« Kljutscharjow lächelte so freundlich wie möglich. »Danke, ich bin ohnehin voll.«

Dann ging er.

Als seine Frau ihm zu Hause vorhielt, er stinke mächtig nach Schnaps, empörte sich Kljutscharjow.

»Also weißt du! Du hast doch selber gesagt, ich soll nach ihm sehen. Was interessiert mich dein Alimuschkin! Seinetwegen hab ich zwei Stunden lang bei Kolja rumgehockt (Kljutscharjow bog die Fakten mehr oder weniger zurecht), und dann mußte ich noch zu Alimuschkin fahren. Der Bursche ist mopsfidel. Und schläft wie ein Murmeltier.«

Kljutscharjow schlenderte durch den Korridor. Er wollte für eine oder zwei oder auch zehn Minuten abschalten – das frische die Lebensgeister auf, meinte er und schritt leichtfüßig und unbeschwert dahin. Vor der Tür eines geräumigen, gut eingerichteten Arbeitszimmers standen der große Chef und sein Stellvertreter. Der Direktor des wissenschaftlichen Forschungsinstituts hielt den Hut in der Hand. Sein Stellvertreter schien verärgert: Er redete auf den Direktor ein. Der lachte.

Zufällig fiel der Blick des Stellvertreters auf Kljutscharjow. Er sagte:

»Da ... zum Beispiel Kljutscharjow! Ein fähiger Kopf, fleißig, Kandidat der Wissenschaften. Und Sie halten ihn immer noch als einfachen wissenschaftlichen Mitarbeiter.«

»Vielleicht nicht ich, sondern Sie?« parierte der Direktor lächelnd.

»Ich?«

»Natürlich Sie.« Der Direktor lächelte immer noch.

Kljutscharjow blieb in angemessener Entfernung stehen. Er wollte sich nicht aufdrängen. Eigentlich hatte er hier nichts zu tun; aber weitergehen, wenn man von ihm sprach und ihn ansah, wäre unhöflich gewesen.

»Streiten Sie sich nicht«, meinte er bescheiden. »Ich bin doch für mich selbst verantwortlich.«

Die beiden lachten. Ihnen gefiel, daß er sich nicht aufdrängte. Der Direktor sah auf die Uhr. »Oh, jetzt muß ich aber weg, wirklich!« Und eilte zum Ausgang.

Der Stellvertreter lief ihm nach und sagte:

»Kljutscharjow müßte längst Abteilungsleiter sein.«

»Dann sorgen Sie dafür«, erwiderte der Direktor.

Eine Stunde später – und das hatte nichts mit dem Gespräch zwischen dem Direktor und seinem Stellvertreter zu tun, das kam von ganz anderer Seite – erfuhr Kljutscharjow, daß die Zeitschrift seinen Artikel angenommen habe und er demnächst erscheinen würde. Am Abend, zu Hause, berichtete seine Frau: »Meine Freundin hat wieder angerufen. Es gibt Neuigkeiten.« Die Neuigkeiten bestanden darin, daß der arme Alimuschkin von seiner Frau verlassen worden war. Für immer. Sie hatte sich den Umstand zunutze gemacht, daß es mit Alimuschkin immer mehr bergab ging (»Er hat überhaupt keinen eigenen Willen mehr! Läuft die ganze Zeit wie im Tran rum!«), und die gemeinsame Wohnung gegen eine hübsche Einzimmerwohnung für sich und ein winziges, feuchtes Zimmer für Alimuschkin vertauscht. Dort lebte er nun, und dort wird er zugrunde gehen, entrüstete sich Kljutscharjows Frau, und Kljutscharjow selbst mußte wieder einmal feststellen, daß sein Glück und Alimuschkins Unglück sich nach wie vor die Waage hielten.

Am darauffolgenden Abend kam telefonisch eine weitere Neuigkeit (ein Unglück kommt selten allein): Alimuschkin sei fristlos entlassen worden. Er habe irgendwas vermasselt und obendrein wichtige Dokumente in den Papierkorb geworfen. Man hätte ihn durchaus vor

Gericht bringen können, habe aber davon Abstand genommen und ihn einfach entlassen. Offenbar habe es nicht an den wichtigen Dokumenten und auch nicht am Papierkorb gelegen – alle hätten Alimuschkins Schlaffheit und Tatenlosigkeit satt. Das Faß war übergelaufen.

»Wovon lebt er nun?« fragte Kljutscharjow.

»Weiß ich nicht«, erwiderte seine Frau. Und weil sie es eben nicht wußte, beschwor sie Kljutscharjow, Alimuschkin noch einmal zu besuchen. Geh doch vorbei, was macht es dir schon aus? Und sie rief ihm den Abend damals bei Freunden in Erinnerung, an dem Alimuschkin vor Witz und Geist nur so gesprüht und die Gesellschaft so glänzend unterhalten hätte.

»Und wenn er das nicht hätte, würdest du ihn jetzt, wo er in der Not ist, nicht bedauern?« fragte Kljutscharjow.

»Weiß ich nicht.«

Kljutscharjow nahm dieses unsichere »Weiß ich nicht« mit Befriedigung zur Kenntnis.

»Das ist aber schlecht, mein Liebes. Du bedauerst Auserwählte.«

Mit weiblichem Instinkt fand sie auch hier einen Ausweg: »Ich weiß nicht. Wäre er nicht witzig und geistreich gewesen, dann wäre er irgendwie anders, zum Beispiel still und sentimental, und um so einen Menschen täte es mir auch leid.«

Schon am nächsten Morgen bot ihm der Stellvertreter den Posten eines Abteilungsleiters an. Er tat es einfach und ohne irgendwelche Vorbedingungen, doch Kljutscharjow lehnte ab: Er könne seinen Chef, mit dem er, gut oder schlecht, schon jahrelang zusammenarbeite, doch nicht so ohne weiteres beiseite schieben. Das war eine Wahrheit. Die andere, größere Wahrheit bestand darin, daß Kljutscharjow jetzt keinen Übereifer an den

Tag legen wollte, er spürte, daß er sich ohnehin in einer Glücksphase befand und die Erfolge sich von selbst einstellen würden. Er hatte das deutliche, wenn auch unerklärliche Gefühl, daß jemand über ihm die Zügel fest und sicher in der Hand hielt und ihn lenkte, daß dieser jemand keinen Fehler machen würde, daß er sein Fach verstand.

»Komisch.« Der Stellvertreter schüttelte den Kopf. »Sie wollen also nicht Abteilungsleiter werden? Haben Sie Angst vor der Verantwortung?«

»Ja, so hab ich weniger Sorgen. Ich arbeite so schon genug.«

»Das wissen wir.«

»Mehr will ich vorerst nicht.« Kljutscharjow schlug absichtlich einen scharfen Ton an: Er wollte das Glück gewissermaßen auf seine Beständigkeit testen. Schließlich konnte er am nächsten Tag immer noch sagen: Jetzt möchte ich. Jetzt fühle ich mich reif dazu. Ich bin einverstanden.

Er fuhr zu Alimuschkin. Als erstes fragte er ihn, wie er denn bloß in diese Höhle geraten sei, warum er überhaupt in den Wohnungstausch eingewilligt habe. Alimuschkin antwortete nicht. Alimuschkin sah schlecht aus. Er wirkte schlaff und leblos und kränkelte offensichtlich. Er blickte Kljutscharjow ins Gesicht und murmelte:

»Ich … kann mich nicht an Sie erinnern.«

Dann wandte er die Augen ab und stierte vor sich hin.

»Ist doch egal, ob du dich erinnerst oder nicht. Wie konntest du dich bloß mit so einer Höhle abfinden?«

Alimuschkin antwortete nicht. In seinem Kopf arbeitete es. Dann wußte er, wo er den Besucher einzuordnen hatte.

»Sind Sie … Kljutscharjow?«

»Ja.«

Kljutscharjow hatte sich inzwischen umgesehen. Er wußte zwar, daß Alimuschkin, träge wie er war, sich nicht zum besten verändern würde, aber daß sich ein Mensch mit solch einem Loch zufriedengeben würde, hätte er nie und nimmer gedacht. Die Wände voller Wasserflecken, abgerissene Tapeten, ein rostiges Eisenbett, ein Tisch, ein Stuhl – das war die ganze Einrichtung. Im Nebenzimmer, das in genauso miserablem Zustand war, wohnte ein alleinstehender alter Mann. Der Alte war krank, ungesellig und stocktaub.

»Er grüßt nicht mal, wenn wir uns in der Küche sehen«, berichtete Alimuschkin teilnahmslos. »Sagt keinen Ton.«

»Du bist auch nicht sehr gesprächig.«

»Ja.«

Eine quälend lange Pause trat ein.

»So lebst du also ...«

Er nickte.

»Gehst du manchmal weg?«

»Nein, nirgendwohin.«

»Entschuldige, wovon lebst du eigentlich?«

»Ich hab noch ein paar Rubel. Die verbrauch ich.«

»Und dann?«

Eine noch längere Pause entstand. Schließlich hauchte Alimuschkin statt einer Antwort: »Ich spiele Schach.« Und sah Kljutscharjow an, ob der ihn auch nicht auslachte.

Kljutscharjow aber lachte nicht, sondern nickte.

»Das ist gut.«

»Da!« Alimuschkin wies auf ein kleines Schachspiel. Das Brett war ziemlich abgewetzt. Die Figuren waren aufgestellt. »Ich hab mal als Kind gespielt.«

»Und mit wem spielst du?«

»Mit mir selbst. Nur so. Ich analysiere die Züge.«

Kljutscharjow schlug eine Partie vor: Es gab nichts mehr zu sagen. Alimuschkin spielte schlecht. Kljutscharjow zwang sich ein paar Partien ab und ging. Seine Laune war miserabel: Wenn Alimuschkin wenigstens mittelmäßig gespielt hätte!

3

Einen Moment besonderer Art hatte es gegeben. Während einer der quälend langen Pausen fragte Kljutscharjow sich: Wie kann es nur geschehen, daß ein Mensch so mir nichts, dir nichts aus dem Gleis gerät? Kljutscharjow war nicht dumm, er wußte, daß das, was dem einen passierte, genausogut einem anderen passieren konnte. Leben wie Sterben des Menschen sind dem Zufall überlassen. Er fragte Alimuschkin: »Sag mal, wie ist das bei dir bloß alles gekommen?«

Alimuschkin schwieg; er begriff nicht ganz, was Kljutscharjow wollte, versuchte es aber (seine Miene zeigte deutliches Bemühen) und erwiderte dann, nichts Besonderes sei vorgefallen, er spüre nur, daß es mit ihm immer mehr bergab gehe, nichts weiter.

»Hat es angefangen, als deine Frau dich verließ?«

»Nein, schon früher.«

»Aha!« Kljutscharjow belebte sich. »Dann hat es mit Scherereien auf der Arbeit angefangen?«

»Nein.«

»Womit dann?«

»Das weiß ich nicht mehr.«

Schon leicht ungeduldig, fuhr Kljutscharjow fort:

»Aber es kann doch nicht alles so mir nichts, dir nichts kaputtgehen. Versuch dich zu erinnern. Streng dein Gedächtnis an. Das ist auch für mich wichtig. Für jeden. Womit hat's angefangen?«

Alimuschkin rieb sich die Stirn, verzog das Gesicht.

»Nein, ich weiß es nicht mehr.«

Wieder eine Pause. Kljutscharjows Blick glitt suchend durchs Zimmer – eine Teekanne gab es, aber in der Büchse daneben waren so wenig Teeblätter, daß er den Vorschlag gar nicht zu äußern wagte. Da bot er Alimuschkin an, eine Partie Schach zu spielen. Kljutscharjow gewann einmal, zweimal, ein drittes Mal. Dann erhob er sich, um zu gehen.

»Mach's gut.«

Alimuschkin stierte vor sich hin. Dann griff er träge nach dem Kugelschreiber, er wollte die letzte Partie notieren, um seine Fehler zu analysieren.

»Das soll nützlich sein«, murmelte er.

Diese Worte, die seine ganze Nutzlosigkeit und Leere unterstrichen, klangen noch lange in Kljutscharjow nach. Daher beschloß er, seiner Frau zu Hause nicht die Wahrheit zu sagen. Das gelang ihm mühelos, denn seine Frau war vollauf mit Sohn und Tochter beschäftigt – sie las ihnen gerade die Leviten wegen irgendwelcher Vergehen. So ließ Kljutscharjow ganz nebenbei fallen:

»Ich war bei Alimuschkin. Weißt du, so mies geht es ihm gar nicht. Er war recht gesprächig. Und völlig ruhig.«

»Wirklich?«

»Er will sich jetzt ernsthaft mit Schach befassen. Scheint ganz darin aufzugehen.«

»Gott sei Dank, ich freue mich für ihn.«

»Bald werden wir vom Großmeister Alimuschkin hören.«

Wenn einem jemand nur flüchtig zuhört, redet es sich leichter. Nicht ohne Pathos fügte Kljutscharjow daher hinzu: »Mir imponieren Menschen, die ganz von vorne anfangen.«

Das Glück dauerte an, und nun erinnerte es an einen Dieb mit umgekehrten Vorzeichen. Einen Anti-Dieb sozusagen. Du hältst die linke Tasche zu, das Glück aber schiebt sich dir in die rechte Tasche. Nimm mich, mein Lieber, dies ist deine Stunde! Auf der Arbeit sprachen alle gern mit ihm, lächelten ihm zu. Es hieß, er habe Perspektive. Auch der stellvertretende Direktor kündigte ihm eine Gehaltserhöhung an.

»Danke«, war Kljutscharjows Antwort.

»Ich habe mich persönlich darum bemüht«, sagte der Stellvertreter mit Nachdruck. »Der Direktor war damit einverstanden. Also, zunächst erhöhen wir Ihr Gehalt um achtzig Rubel.«

»Danke.«

»Wir schätzen gute Mitarbeiter. Umsomehr, wenn sie bescheiden sind.«

Und der Stellvertreter fügte – in vertraulichem Ton: Nicht mit jedem spreche ich so! – hinzu: »Manche Leute gebrauchen ihre Ellenbogen, intrigieren, steigen über jemandes Kopf hinweg, nur um in einem weichen Sessel sitzen zu können. Solche mag ich nicht.«

Eine halbe Stunde später rief die Alimuschkina an. Sie habe sich die Institutsnummer besorgt und sei sofort bei Kljutscharjow gelandet, erklärte sie. Später stellte sich heraus, daß sie sich seine Nummer heimlich bei Kolja Krymow abgeschrieben hatte. Sie hatte geglaubt, es heimlich tun zu müssen.

Sie begrüßte Kljutscharjow und lud ihn ohne große Umschweife zu sich ein. Sie war eine schöne Frau und wußte es. Sie sprach so, wie es ihr einkam, ohne sich zu genieren.

»An dem Abend damals«, sie legte eine für die moderne Frau charakteristische Pause ein, »haben Sie mir auf den ersten Blick gefallen.«

»Was Sie nicht sagen!«

»Ehrenwort. Kommen Sie doch bitte zu mir. Heute noch.«

Er fuhr zu ihr, und ihre Stimme und ihre Augen verwirrten ihn nicht im geringsten: Schöne Frauen ließen ihn kalt, er hatte nie welche gekannt. So lebte es sich einfacher und bequemer. Er saß im Sessel und schaute sich um: Es war eine entzückende Wohnung. Auch die Möbel waren schmuck. Kljutscharjow fragte:

»Werden Sie Kolja Krymow heiraten?«

Die Frage bedeutete: Sie haben mich eingeladen. Ist das eine Laune von Ihnen oder ein kleiner Seitensprung hinter Kolja Krymows Rücken? Und was soll dieses ganze Spiel überhaupt bedeuten? Die Alimuschkina antwortete geradezu: »Nein, ich werde ihn nicht heiraten.«

»Warum nicht?«

»Er gefällt mir nicht. Er ist ein Niemand. Ein Taugenichts.«

»Formen Sie ihn so, wie Sie ihn brauchen.«

»Wozu? Ich habe keine Lust, meine Kräfte zu vergeuden.«

Kljutscharjow vermied das übliche liebenswürdige Wortgeplänkel, das ihn zu dem eigentlichen, von ihm selbst gewünschten Ziel geführt hätte. Stattdessen ließ er alles im unklaren. Er verhielt sich ganz und gar unprogrammiert. Überraschend fuhr er die Alimuschkina an, Kolja Krymow tauge sehr wohl etwas, ebenso der sitzengelassene Alimuschkin, und sie solle lieber heiraten, als sich selbst etwas vorzumachen. Noch während er sprach, wußte er, daß er Blödsinn redete. Schließlich war sie eine Frau und hatte das Recht der Wahl.

In der ungeöffneten Aktentasche lagen zwei Flaschen Wein. Er hatte sie absichtlich mitgebracht, wußte auch, wozu. Aber nun hatte es ihn überrollt, und er quasselte dummes Zeug. Er wiederholte in einem fort: Heiraten Sie! Und sie war vollkommen im Recht, als sie (er stand bereits in der Tür) ihn abkanzelte: »Was sind Sie bloß für ein fader Typ! In Ihrer Gegenwart stirbt man vor Langeweile!«

Das anhaltende Glück brachte auch Kljutscharjows Frau ein wenig aus der Fassung. Sie bekam es mit der Angst zu tun. Bei ihr drückte sich das darin aus, daß sie ständig Ärger oder irgendein Unheil erwartete. Sie beschloß (ohne den wahren Grund beim Namen zu nennen), ihre Mutter, also Kljutscharjows Schwiegermutter, zu sich zu holen. Mochte sie eine Weile bei ihnen wohnen, für den Fall, daß plötzlich jemand von ihnen erkrankte. »Oder daß sonst noch was passiert«, setzte sie hinzu.

»Was soll denn passieren?« meinte Kljutscharjow lachend.

Kljutscharjow lachte: Er war wieder der Alte, immer gutgelaunt und zu Späßen aufgelegt. Es amüsierte ihn, wenn er daran dachte, wie er sich bei der schönen Frau aufgeführt hatte. Mannomann! dachte er kopfschüttelnd und empfand süße Schauer bei der Erinnerung an ihre Wangen und Lippen.

Seine Frau rief ihn (ebenfalls von der Arbeit) im Institut an.

»Hör zu, ich hab eben mit meiner Freundin gesprochen. Wieder über Alimuschkin!«

»Ist er nun ganz am Ende?«

»Laß das, damit spaßt man nicht.«

»Es dauert aber schon ziemlich lange mit ihm. Manchmal scheint mir, daß er unsterblich ist.«

»Hör auf damit!« Und aus einer unbestimmten Angst heraus sprach sie flüsternd weiter: »Lieber, sei vorsichtig. Red nicht so leichthin über Menschen. Lieber, denk doch ein ganz klein wenig an die Menschen! Ich weiß, du bist gutherzig und aufrichtig, aber denk mehr an die Menschen!« So flüsterte sie. Das Ganze endete mit der

Bitte, er möge doch den armen Alimuschkin noch einmal besuchen, der Gedanke sei ihr wieder gekommen.

In Kljutscharjow aber tauchte ein ganz anderer Gedanke auf: Wie er nämlich der Freundin seiner Frau den Mund stopfen konnte. Was hatte sie andauernd zu tratschen und zu klatschen? Warum mußte sie ständig ihre Nase in fremde Dinge stecken?

»Hallo!« grüßte Kljutscharjow. Er war nach der Arbeit (meinetwegen!) zu Alimuschkin gefahren, aber niemand antwortete. Kljutscharjow trat ins Zimmer und zog ein langes Gesicht, eine dem Unglück entsprechende Miene, denn Alimuschkin lag im Bett, und davor stand eine weiße Gestalt, ein Arzt.

»Reden Sie ihn nicht an«, sagte er. »Er kann nicht sprechen. Er hat einen Schlaganfall erlitten.«

Der Arzt erklärte noch, es sei kein allzu starker, aber immerhin, der Patient brauche Ruhe. Und Stille. Und Pflege.

»Nein, nein!« rief er. »Kein Wort, Alimuschkin! Sprechen Sie nicht. Daraus wird sowieso nichts.«

»Hat er die Sprache verloren?« fragte Kljutscharjow.

»Nur vorübergehend.«

»Kann er sich auch nicht bewegen?«

»Er darf an der Wand entlang zur Toilette, auf keinen Fall weiter.«

Kljutscharjow ging zu Alimuschkins Bett. Er trat vorsichtig auf, weil Schaben auf dem Fußboden hin und her huschten. Das Zimmer lag in düsteres Licht getaucht. Alimuschkin lächelte, es war ein halbseitiges Lächeln, die Gesichtsmuskeln der anderen Hälfte waren gelähmt. Kljutscharjow schüttelte bedauernd den Kopf, wie um zu sagen: Mann, dich hat's aber erwischt! Alimuschkin streckte ihm die Hand hin. Kljutscharjow drückte sie.

Der Arzt mußte von der »Schnellen Hilfe« sein. Er durchsuchte Papiere auf dem Tisch. Dann bat er:

»Helfen Sie mir mal. Sie sind doch ein Freund von ihm?«

»Ja.«

»Hier muß irgendwo die Adresse seiner Mutter sein.«

»Seiner Mutter?« fragte Kljutscharjow erstaunt zurück.

»Na, jemand muß sich doch um ihn kümmern.«

»Und warum nehmen Sie ihn nicht ins Krankenhaus?«

»Dort kriegt er auch keine besondere Behandlung. Außerdem können wir ihn in diesem Zustand nicht transportieren.«

Kljutscharjow nickte verständnisvoll. Wie alle Menschen war Kljutscharjow der Meinung, daß man Ärzten besser nicht widersprach. Er fragte nur:

»Sie wollen also seine Mutter kommen lassen?«

»Nicht ich. Sie.« Der Arzt blickte ihn finster an, als halte auch er Kljutscharjow wegen seines Glücks vor dem Ärmsten für schuldig. So jedenfalls empfand es Kljutscharjow. Obwohl es der normale Blick eines vom 24-Stundenbereitschaftsdienst erschöpften und abgespannten Arztes war. »Sie werden sie herrufen. Ich muß jetzt gehen. Ich hab schon zweimal eine Wachschwester hergeschickt. Jetzt sitzt sie bei einem schwereren Fall.«

Kljutscharjow nickte. Er fand die Adresse und schickte ein langes Telegramm ins Rjasaner Gebiet. Die Post befand sich Gott sei Dank ganz in der Nähe, auch am Schalter war kein Andrang. Glück hat der Alimuschkin! dachte Kljutscharjow mit bitterer Ironie.

Als Kljutscharjow zurückkam, war der Arzt schon weg. Alimuschkin entschuldigte sich mit beschwörender Geste für die Mühe, die er ihm bereite; mit einer weiteren Geste schlug er vor: komm, wir spielen eine Partie Schach, wenn du Zeit hast. Alimuschkin langte selbst zum Brett, das am Kopfende stand. Kljutscharjow setzte die Figuren ganz mechanisch, er blickte immer wieder zu Boden, über den die glänzenden Schaben huschten.

Gleich nach dem Besuch bei Alimuschkin begab sich Kljutscharjow zu der Freundin seiner Frau. Ihre Adresse war auf einem Zettel notiert: Malaja Pirogowskaja 9, Wohnung 27. Kljutscharjow hatte sie im Adreßbuch seiner Frau gefunden. Dieses hatte er heimlich aus ihrer Handtasche genommen. Nun kam er also zu ihr und stellte sich vor: »Guten Tag, ich bin Kljutscharjow. Sie sind doch schon viele Jahre mit meiner Frau befreundet, stimmt's? Komisch, daß wir uns noch nicht kennen!«

Kljutscharjow sprach in beinahe freundlichem Ton. In Wirklichkeit kochte er vor Wut, die sich im nächsten Moment entladen mußte. Das war erst der Beginn des Gesprächs.

»Sehr angenehm«, erwiderte die Freundin seiner Frau. Sie war eine füllige, fast üppige, schwerfällige Person. Die hat auch nichts anderes zu tun, als von morgens bis abends am Telefon zu hocken, bei den Formen und dem Hintern! dachte Kljutscharjow gereizt.

»Entschuldigen Sie, aber ich sag's Ihnen in aller Schärfe: Ich habe Ihre ewige Telefoniererei mit meiner Frau satt.«

»Wie bitte?« Sie begriff nicht. Sie war eine schwerfällige Person.

Mühsam die Fassung wahrend, beschwor Kljutscharjow sie:

»Hören Sie endlich auf, meine Frau ständig wegen dieses unglückseligen Alimuschkin anzurufen! Hören Sie auf, an ihren Nerven rumzuzerren! Ich appelliere an Ihr Gewissen! Nehmen Sie Rücksicht auf eine normale und verhältnismäßig glückliche Familie, die nicht mit allen Nöten und Kümmernissen von draußen belästigt werden möchte!«

»Aber ich habe nicht gedacht, daß diese Anrufe ...«

»Denken würde Ihnen nicht schaden. Ist das so schwer zu begreifen? Lassen Sie meine Frau in Frieden!«

Die Freundin meiner Frau schwieg verdattert. Kljutscharjow entschuldigte sich noch einmal für seine Barschheit. Dann fragte er:

»Gehen Sie öfter zu Alimuschkin?«

»Sehr selten.«

»Dann besuchen Sie ihn mal wieder. Aber uns lassen Sie, bitteschön, in Ruhe!«

Die Freundin seiner Frau war sichtlich beleidigt. Massig und schwerfällig, wie sie war, telefonierte sie für ihr Leben gern, und nun sollte ihr dieses Vergnügen genommen werden. Alimuschkin war ihr höchst gleichgültig, aber Menschen, umsomehr Freundinnen, mußten doch über etwas reden, mußten Kontakte miteinander pflegen.

Kljutscharjow legte noch einmal los.

»Begreifen Sie! Durch Ihre Anrufe wird meine Frau ihres Lebens nicht mehr froh. Der Mensch möchte leben und sich des Lebens freuen, Sie aber verhindern das. Wir haben Freunde und Verwandte genug, die auch krank sind.«

Nun war alles gesagt. Er wartete auf Antwort. Nach einer langen Pause preßte die Freundin seiner Frau hervor: »Ich werde nicht mehr anrufen.«

»O nein, so geht's auch nicht.«

»Wie denn?«

»Sie rufen sie noch einmal an und beruhigen sie. Lassen Sie sich etwas Optimistisches einfallen. Sagen Sie ihr, daß Alimuschkin gesund und munter und daß alles in Ordnung ist. Daß er wegfährt ... und sei's nach Madagaskar, auf eine längere Dienstreise.«

»Nach Madagaskar?«

»Zum Beispiel. Um sozusagen das Thema abzuschließen. Damit meine Frau nicht mehr nach ihm fragt. Haben Sie mich verstanden?«

»Ja.«

»Alles Gute.«

Er ging. Draußen schneite es. Es schneite jetzt morgens und abends.

Als Kljutscharjow Alimuschkin am darauffolgenden Tag nach der Arbeit besuchte, lag dieser völlig darnieder, unfähig, sich zu rühren oder auch nur ein Wort herauszubringen. Er schnappte nach Luft, wollte etwas zur Begrüßung sagen, brachte aber nicht einmal ein halbes Lächeln zustande. »Er hat einen zweiten Schlaganfall gehabt. Einen schweren, sagte der Arzt«, stammelte seine alte Mutter aus Rjasan. Kljutscharjow tröstete sie und gab ihr für alle Fälle etwas Geld. Die alte Frau wiegte den Oberkörper, schluchzte. »Gott schütze dich, mein Lieber!« Kljutscharjow ging, und sie blieb bei ihrem Sohn sitzen. Um den Kopf trug sie ein getüpfeltes Tuch. Sie war wie erstarrt und begriff einfach nicht, daß ihr Sohn, so ein starker, immer fröhlicher Mann, der »auf Ingenieur studiert« hatte, nun auf einmal so schwerkrank darniederlag und kein Wort hervorbrachte.

Kljutscharjow wollte nicht etwa den Gedanken an Alimuschkin loswerden; er wollte nur seine Frau damit verschonen. Sie war doch so nervös und so sensibel! Er sah, daß die Krankheit sich hinziehen würde, und beschloß, Alimuschkin von Zeit zu Zeit zu besuchen, seiner Frau aber nichts davon zu sagen.

Er sagte nichts, und keiner fragte ihn, denn zu Hause herrschten Lärm und Aufregung, es gab genug anderen Gesprächsstoff – die Schwiegermutter war eingetroffen! Siegesgewiß! Mit einem Geschenk für Kljutscharjows Frau. Für Kljutscharjows Sohn. Und natürlich auch für Kljutscharjows Tochter. Die Geschenke waren nicht die teuersten, aber mit Liebe ausgewählt.

Am nächsten Tag hatte Kljutscharjow keinen Grund

mehr, seine Frau zu täuschen, weil sie nämlich selber sagte:

»Entschuldige, daß ich dir so auf den Wecker gegangen bin und dich immer zu ihm geschickt habe.«

»Zu wem?« fragte Kljutscharjow.

»Zu Alimuschkin.«

Und seine Frau teilte ihm freudig mit, daß ihre Freundin angerufen habe und es endlich gute Nachrichten gebe: bei Alimuschkin sei alles wieder in Butter. Er sei gesund und munter. Er sei wieder geistreich und witzig wie früher. Sie erzählte ihm Einzelheiten des Gesprächs. Diese Einzelheiten zeigten sogar eine gewisse Raffinesse, denn die Freundin, die doch so gern telefonierte, hatte sich echt bemüht, hatte ihre ganze Seele hineingelegt, hatte Fleiß und sogar Talent eingebracht in dieses letzte Aufwallen eines Themas, das abzuschließen war. Kljutscharjows Frau war glücklich. Sie lächelte. Sie redete und redete. Kljutscharjow hörte zu. Sogar sehr interessiert. Und fragte nach: »Was sagst du, wohin wird er auf Dienstreise geschickt?«

»Nach Madagaskar.«

Dann sprachen die Kljutscharjows von etwas anderem, zumal dieses Thema ihnen näherlag und sie weit mehr bewegte: Der Sohn, Schüler der 10. Klasse, hatte bei Wettkämpfen an fast allen Geräten den ersten Platz gemacht! Am Reck erhielt er sogar die Note neun Komma sieben – ein erstaunliches Ergebnis für einen Junioren. Bekannte Trainer zeigten Interesse: Denis Kljutscharjow sollte zu Unionswettkämpfen geschickt werden!

»Alle Achtung, Junge!« sagte Kljutscharjow stolz.

Seine Frau äußerte natürlich keine Begeisterung, im Gegenteil, in ihren Augen glomm die alte Angst auf. Wenn nur nichts passiere! Reck sei ein gefährliches Gerät. Doch da mischte sich der Sohn ein: »Keine Bange,

Mama, warum soll ich vom Reck fallen? Dafür bekäme ich gleich zwei Punkte Abzug!« Und er lachte. Er zeigte Würde. Und war gleichzeitig ein fröhlicher Junge. Ein echter Kljutscharjow!

4

Am Freitag gab Kljutscharjow dem Stellvertreter sein Einverständnis. Es war zwar in allgemeinen Worten gehalten, bedeutete aber bereits das Ja. Und schon führte der Stellvertreter Kljutscharjow von einem Zimmer zum anderen: »Nun, was sagen Sie zu Ihren zukünftigen Mitarbeitern? Gefallen sie Ihnen?«

»Ja«, antwortete Kljutscharjow. Im Institut war eine neue Abteilung gebildet worden, hervorgegangen aus der Zusammenlegung zweier Labors, dazu einige einzeln arbeitende Kollegen, und Kljutscharjow brauchte niemanden beiseite zu schieben noch über jemanden hinwegzusteigen, um in die leitende Stellung zu kommen.

Er dachte gerade darüber nach. Währenddessen sprach der Stellvertreter davon, was das für eine ausgezeichnete Abteilung werden würde. Leistungsstark. Modern. Und sicherlich auch mit kollegialer Atmosphäre. »Hören Sie, Kljutscharjow?«

»Natürlich hör ich«, erwiderte Kljutscharjow. »Sie haben es doch zum drittenmal gesagt!«

»Und ich sag's auch noch ein hundertstes Mal!« Der Stellvertreter lachte. »Ich will Sie damit rumkriegen.«

»Das haben Sie bereits.«

»Trotzdem werde ich Sie weiter bearbeiten, damit Sie es sich auch ja nicht anders überlegen.«

»Ob ich es schaffen werde?«

»Aber! Nun hören Sie bloß auf!«

Beim Reden drückte der Stellvertreter einem Kollegen die Hand und zwinkerte ihm wohlwollend zu: Arbeitet nur weiter, laßt euch nicht stören! Er nickte zwei weiteren Kollegen zu, drückte einem anderen die Hand. Langsam schritten Kljutscharjow und er die Arbeitstische entlang.

»Suchen Sie sich eine gute Sekretärin aus«, riet der Stellvertreter leise. »Sehen Sie die drei Mädchen dort?«

»Ja.«

»Gucken Sie sich die mit den roten Haaren näher an.«

»Die mit dem mageren Gesicht?«

»Ja. Ein kluges Köpfchen. Und fleißig. Sie wird Ihnen Ihren ganzen Kram tipptopp in Ordnung halten.«

»Danke.«

Sie sprachen halblaut miteinander. Dann traten sie in den Flur hinaus.

»Und jetzt ins Labor 6«, dirigierte der Stellvertreter. Auf dem Weg dorthin blieb Kljutscharjow stehen und zündete sich eine Zigarette an. Er mußte etwas loswerden und beschloß, es lieber gleich zu sagen als später.

»Eine kleine Bemerkung«, begann er. »Wenn jemand jemanden lanciert, sitzt dieser Jemand seinem Schützling gerne auf dem Nacken. Bei mir wird daraus nichts.«

Der Stellvertreter lachte.

»Na wunderbar! Handle selbständig.«

»Ich meine das im Ernst.«

»Ich auch.«

Der Stellvertreter klopfte Kljutscharjow auf die Schulter.

»Keine Panik. Niemand wird dir auf dem Nacken sitzen. Zumindest ich nicht.«

Der Stellvertreter hatte Humor; er war eine echte Frohnatur. Genau wie Kljutscharjow. Solche Menschen finden immer eine gemeinsame Sprache. Kljutscharjow hatte nur geglaubt, ihn in diesem Augenblick warnen zu müssen.

Als Kljutscharjow nach Hause kam, wußten alle bereits Bescheid: In Flur und Zimmern war beinahe physisch die Atmosphäre eines kleinen Familienfestes zu spüren. Kolja Krymow hatte schon angerufen und gratuliert. Ebenso Pawel. Kljutscharjow erfuhr, daß Kolja, Pawel und noch andere Bekannte abends kommen würden. Die Schwiegermutter strahlte. Es gefiel ihr, daß die Kljutscharjows auf dem Wege nach oben waren.

»Ich werde euch ein Göttermahl bereiten!« verkündete sie. Und wirklich: Sie eilte in den Wildladen und schleppte eine Hirschkeule an. Das würde sehr imposant wirken! Gebraten, safttriefend, mußte die rote Keule auf dem großen weißen Teller einen unauslöschlichen Eindruck hinterlassen. In der Bratröhre wurde die Keule geschmort. Zuvor war sie mit Butter bestrichen worden, damit sich eine die Seele aufwühlende braune Kruste bilden konnte. Dann war sie fertig. Kljutscharjow hatte ein paar Flaschen Wein gekauft, und als er zurückkam, rief die Alimuschkina an.

Die Schwiegermutter murrte. Statt zu telefonieren, solle er lieber den Fußboden blankbohnern oder zumindest die Flaschen öffnen, das sei Männersache.

»Ich möchte Ihnen danken«, sagte die Alimuschkina. Dann folgte die Erklärung: dafür, daß er ihr den Rat gegeben habe, sich nicht zu verplempern, sondern zu heiraten. Sie sei wirklich gereift und habe schon einen sympathischen Mann gefunden, einen Doktor der Wissenschaften, noch nicht sehr alt. Er sei gut zu ihr. Und liebe sie sehr. Sie sprach mit kaum merklicher Ironie, und Kljutscharjow begriff, woher der Wind wehte. Es war auch nicht schwer zu begreifen.

»Ich freue mich für Sie«, versicherte er.

Die Schwiegermutter brummelte: »Was quatscht er ewig am Telefon?«

»Es sind dienstliche Angelegenheiten, Mama«, beschwichtigte Kljutscharjows Frau sie.

»Diese ›dienstlichen Angelegenheiten‹ kenn ich!«

»Mama!«

Kljutscharjow wiederholte: »Ich freue mich wirklich für Sie.« Er lachte. »Dann brauchen Sie mich also nicht mehr?«

»Wieso denn nicht?« Die Stimme der Schönen klang fast gekränkt.

»Sie haben mir einen Nasenstüber versetzt. Zu Recht. Ich habe das zu würdigen gewußt. Ich bin sogar klüger geworden. Aber in Zukunft ... könnte ich vielleicht weitere Ratschläge gebrauchen.«

»Von mir?«

»Er denkt, ich weiß nicht, worum's geht«, murmelte die Schwiegermutter.

»Mama, sei nicht so mißtrauisch.«

»Du brauchst ihn nicht zu verteidigen. Was quatscht er da so lange! Er soll lieber den Fußboden bohnern.«

»Mama!«

Die Alimuschkina fuhr fort: »Ich würde gerne einen klugen Freund haben. Das ist doch nichts Außergewöhnliches – ein kluger, treuer Freund, oder?«

»Nein.« Kljutscharjow lächelte. »Jaja, ein kluger, treuer Freund. Wie im Kino.«

»Damit meint er sich wohl?« warf die Schwiegermutter dazwischen.

»Mama!«

»Ich habe nicht vor, Sie in den nächsten Tagen zu mir einzuladen, aber ab und zu werden Sie mich besuchen, nicht unbedingt abends, vielleicht mal mitten in der Woche, vielleicht einmal im Monat, ja? Und manchmal – nicht oft – werde ich Sie anrufen und Sie um einen guten Rat bitten. Darf ich?«

»Rufen Sie an«, sagte Kljutscharjow.

»Soll sie nur! Soll sie nur! Einmal werd ich ihr liebes Stimmchen abfangen und ihr Bescheid geben!«

»Mama! Schämst du dich nicht? Warum denkst du überhaupt, daß der Anrufer eine Frau ist?«

»Warum sollte ich denken, daß es ein Mann ist?«

Die Gäste trafen ein. Einzeln, paarweise, mit Weinflaschen in der Aktentasche und allen möglichen guten Wünschen im Herzen. Kljutscharjows Frau bat sie zu Tisch, lächelte allen zu. Sie hatte keine Angst mehr vor dem überwältigenden Glück. Sie glaubte nicht mehr, daß die Götter ihnen zürnten und daß etwas Schlimmes geschehen würde. Sie hatte sich an das Glück gewöhnt.

Diese Veränderung entdeckte auch Kljutscharjow in ihrem Gesicht und nahm in seiner Dankrede (alle hatten ihm lauthals zum Erfolg gratuliert) seine Frau ein wenig auf den Arm.

»Erfolg ist eine gute Sache«, sagte er und hob sein Glas. »Aber komischerweise gewöhnen sich diejenigen am schnellsten daran, die ihn am meisten fürchten.«

Er blickte zu seiner Frau. Alle schmunzelten.

»Ist doch prima, daß sie sich daran gewöhnen!« rief einer.

»Ich hab auch nichts dagegen. Natürlich, prima! Aber sie hat sich schon an den Erfolg gewöhnt, und jetzt wird's ihr wieder nicht genug sein; jetzt wird sie noch mehr Erfolg wollen – so ist der Mensch nun mal!«

»Werd ich nicht«, protestierte seine Frau lächelnd. »Ganz bestimmt nicht. Ich hab Angst davor.«

Alles lachte und schrie durcheinander:

»Wirst du doch! Wirst du doch! Du wirst noch mehr Erfolg wollen.«

Als Kljutscharjow vorschlug, darauf anzustoßen, »daß alle Erfolg haben mögen«, erhielt er lebhafte Zustimmung. Dann wurde getrunken und gegessen, und zum Schluß holte Kljutscharjows Frau Fotos hervor, die Denis bei einer schwierigen Übung am Reck zeigten. Die

Fotos gingen von Hand zu Hand; es waren wirklich beeindruckende Fotos. Eins hielt Denis in der höchsten Flugphase fest. Der Sohn stand auf den ausgestreckten Armen, die dürren Turnerbeine steil in den Himmel gereckt. Die Übung hieß »Sonne«. Kljutscharjows Frau zeigte die Fotos zum erstenmal. Früher hatte sie immer geglaubt, das Schicksal herauszufordern, wenn sie solche Fotos zeigte.

Die Gäste waren gegangen, zufrieden mit den Gastgebern und diese mit den Gästen. Mutter und Tochter räumten den Tisch ab. Die Schwiegermutter hatte ein bißchen zuviel getrunken und trällerte vor sich hin.

Kljutscharjow und seine Frau lagen im Bett und sprachen vor dem Einschlafen noch über belanglose Dinge. Zuerst gähnte er, dann gähnte sie. Die Kinder schliefen. Es war spät.

»Sie will also wieder nach Hause?« Kljutscharjow meinte die Schwiegermutter. Er gähnte noch einmal.

»Die Karte hat sie schon.«

»Flugkarte?«

»Warum willst du nur immer, daß sie fliegt?«

»Na ... wegen des Komforts. Und weil's schneller geht.«

Sie schwiegen. Dann sagte Kljutscharjow, er würde morgen in die Bibliothek gehen, die bestellten Bücher abholen und wohl auch wieder mal bei Alimuschkin vorbeischauen. Wie es ihm wohl gehen mochte?

»Gut, ich geh also morgen vorbei.«

»Brauchst du nicht mehr«, erwiderte seine Frau. »Meine Freundin hat angerufen: Er ist nach Madagaskar abgeflogen.«

»Schon?«

»Ja.«

»Wann denn?«

»Sie sagt, um zehn Uhr früh. Und dann hat sie noch

gesagt, richte deinem Mann aus, daß Alimuschkin weg ist und daß seine Mutter bis zum Abflug bei ihm war.«

Kljutscharjow schwieg. Mit einemmal hatte er das Verlangen nach einer Zigarette und ging in die Küche. Seine Frau schlief schon.

Der Fluß mit der reißenden Strömung

I

Mit nicht gelinden Zweifeln verließ Ignatjew die Metro-Station Kropotkinskaja.

»Hallo!« rief Marina beim Türöffnen. »Das ist ja eine Überraschung!«

Sie führte ihn den langen Korridorschlauch entlang, der erst nach links ging, dann nach rechts, an der Küche vorbei. Diese Gerüche waren ihm seit Ewigkeiten nicht in die Nase gekommen. Marina lächelte. Er solle leiser reden, sagte sie halblaut, oder am besten im Korridor den Mund halten, sie hätte zänkische Nachbarn. Gleichwohl führte sie ihn unbeirrt, den Blick vor sich hingerichtet, zu ihrem Zimmer. Ihnen nach wogten die satten, lieblichen Gerüche der Mehrfamilienwohnung.

Das Zimmer war groß, verwohnt, verschlampt, eben Marinas Zimmer. Sie gehörte zu denjenigen, die keine Wohnung, keinen Mann bekommen und keine noch so bescheidene Renovierung ausführen können – sie war, wie sie sagte, Ingenieur mit zwei linken Händen. Abends klimperte sie lustlos auf dem Klavier. Bei ihren Nachbarn erntete sie Haß, den sie erwiderte. Alleinstehend, ahnte sie dunkel, daß es mit Zimmer und Leben Tag für Tag weiter bergab ging, und hoffte doch vage auf das Glück oder ein Wunder und ... wartete. Möglich auch, sie hoffte, wartete nicht mehr.

Marina fing seinen Blick auf.

»Wie du siehst, so gemütlich wie früher.«

»Ich seh schon.«

Er setzte sich an den Tisch, stützte die Ellbogen auf, wiegte den Kopf.

»Ich habe Schwierigkeiten«, sagte er.
Er schwieg.
»Schwierigkeiten?«
»Eine Katastrophe, wenn du so willst.«
Er erzählte. Seine Frau war, kurz gesagt, auf Abwege geraten.
»Schau an, die Sima!«
Er fragte beherrscht, was daran so lustig sei. Sie kam aus dem Lachen und Kichern nicht heraus. Mit ihren Nerven schien es nicht mehr zum besten zu stehen, sie enthüllte nunmehr ihre wahre Natur – sie lachte unverfroren und ohne Skrupel, ob es einen peinlich berührte oder nicht.
»Schau an, die kleine Sima.«
Er fragte neuerlich: »Was ist daran so lustig?«
»Was? Der junge Mann hat sich amüsiert, sich herumgetrieben, herumschlawinert, und da, hoppla, kriegt er eins auf die Nase.« Sie lachte. »Hast du gemeint, ich würde vor Mitleid vergehen und deine Wunden lecken? Armer Junge. Siehst du, dich trifft's auch im Leben.«
Sie tat wieder ernst, wie von Verständnis und Mitgefühl ergriffen, schien auch zu seufzen. In Wirklichkeit verbiß sie sich kaum das nervöse Lachen, was freilich nicht zu übersehen war. Ignatjew verzog das Gesicht. Er schwieg, bereute schon, hergekommen zu sein. Hatte er nicht in der Metro noch gezögert und Zweifel gehabt!
»Mein armer, leidgeprüfter Junge! Wäre nicht bei Sima auch ein harmloser Flirt denkbar, der mit Sexuellem überhaupt nichts zu tun hat?«
»Möglich.«
»Vielleicht geht sie mit jemand ins Theater, zu Kunstausstellungen« (sie wußte, dies war Gift für ihn), »pflegt Geselligkeit, und du schlägst Alarm.«
Er lachte auf.
»Du meinst, ich mache in Panik?«

»Was führt dich sonst her?«

»Ich wollte mit dir plaudern, weiter nichts.«

Marina kochte Kaffee, während er sich umsah in dem beklagenswerten, ungemein kahlen Zimmer mit den rissigen Tapeten. Nichts hatte sich verändert hier. Hier war die Zeit ihrer unruhigen Jugend stehengeblieben und erstarrt – noch dasselbe eiserne Bett, noch der klobige Nachkriegswecker. Er ließ den ermüdeten Blick, sich allmählich zurechtfindend, wandern.

Er mußte schon tüchtig überlegen, um herauszubekommen, was hier neu war. Die Tasse in den Händen, trank er schlückchenweise. Marina, keine zwanzig mehr, fünfunddreißig, setzte ihren Kaffee ab (»Ich mag ihn kalt«) und fuhr, nervös kichernd, fort: »Komisch, wie der Mensch so beschaffen ist. Du weißt ja, meine große Liebe war der Marineschüler Kolja. Er verschwand eines Tages und ließ mich sitzen.« Und mit leisem Klageton: »Ich war noch Jungfrau – zum Lachen, nicht? Dann kamst du und hast leichte Beute gewittert. So war's doch? Das lief doch: Ich das niedliche späte Mädchen und du der Hallodri, der Draufgänger, hallo! Im Handumdrehen hattest du mich weich, kriegtest deinen Willen, und dann, dann wolltest du von mir loskommen und konntest nicht, weißt du noch?«

»Was soll ich noch wissen?«

Sie hob die Stimme: »Sag, ob du's noch weißt?«

Er schwieg. Die Tragödie, die sie so genüßlich ausmalte, hatte nie stattgefunden. Aber wie dies einer verlassenen Frau in verwohntem Zimmer mit rissigen Tapeten erklären? Wozu auch! Ihr schwebte ein Frauenheld vor, der er nie war; er war ein Zwanzigjähriger gewesen, ebenso grün wie sie. Ein grüner Junge, zwischen den zweien hin und her getrieben, ohne recht zu wissen, wo seinen Appetit stillen, wo sein Haupt betten.

»Das weißt du doch noch?« Als die Beleidigte und

Verschmähte präsentierte sie ihm oder dem Leben die Rechnung.

Ignatjew schwieg erneut.

»Ich jedenfalls weiß es noch! Ziemlich genau. Ich war damals ungeheuer wütend, wollte dich zurückholen, wollte es dir zeigen, wie Mädchen das so tun, mir war's bloß peinlich: Sima war meine Freundin.« Sie lächelte. »Dich der eignen Freundin ausspannen! Sag mal, hat Sima wirklich nichts geahnt?«

»Nein.«

Sie lächelte immer noch. Mit bösem Gesicht.

»Heute denk ich anders: Ich hätte auf die Freundin pfeifen sollen und dich, mein Lieber, festhalten. Weißt du, warum?«

»Sag es mir.«

»Weil du ein Waschlappen bist. Der hartgesottene Kerl bist du nach außen. Du spielst ihn. Na? Wie findest du das?«

»Na ja.«

»Da ist was dran. Mit der kleinen Göre hattest du leichtes Spiel. Aber mit allen anderen, die du nicht so durchschaust, hast du mit denen auch leichtes Spiel? Na?«

Er stand auf, um zu gehen. Er hatte reden wollen und mußte zuhören. Wahrhaftig, hier war er falsch. Sie sprang ungestüm auf.

»Schon gut, Serjosha. Sei mir nicht bös. Entschuldige, ja? Ich red ein bißchen viel – Frau ist Frau. Noch einen Kaffee? Ein Täßchen?«

»Danke, keine Lust.«

»Doch! Du hast Lust. Du hast … du hast!« Sie trat näher zu ihm heran. Lachte nervös. Drückte ihm einen Kuß ins Gesicht, in die Jacke. »Nimm's nicht tragisch, Serjosha. Ich bin sicher, es ist nichts Ernstes: Sima ist eine fabelhafte Frau.« Sie wiederholte: »Sie ist fabelhaft. Ich kenne sie lange genug.«

Ignatjew empfahl sich.

Marina hat abgebaut, dachte er und schüttelte den Kopf. Sie war doch so sensibel und feinfühlig. Alles weg, dahin …

Draußen, an der Luft, blieb er stehen. Das tat er gern, um sich dann ein hübsches Bonmot zum jeweiligen Moment einfallen zu lassen, so war er, dies war keine Angewohnheit, eher seine Natur. Und obwohl von solchem Mißgeschick betroffen, und zwar sehr schmerzlich, mochte er auf das Bonmot nicht verzichten: Er blieb stehen, und sein Blick umfaßte von unten nach oben dieses vergraute Zweietagenhaus, in dem Marina in Verbitterung und Bekümmerung hinlebte. Er sah das alte Dach, sah Simse und Fenster (und sich selber, wie er dastand in seiner Bedrängnis) und murmelte: »Das ist das Leben.«

Es war Winter; es war kalt. Ein vorbeigehendes vermummtes Weiblein glaubte sich von Ignatjew angesprochen, etwas an diesem Haus mochte ihr vielleicht auch sehenswert erscheinen. Das Weiblein war schwerhörig. »Was ist denn da, guter Mann?« ereiferte sie sich. Trotzdem schaute sie fortwährend nach dem Bus aus, im Zweifel, ob er bei dem Glatteis fuhr. »Was ist denn da, guter Mann?« Ignatjew fühlte sich bemüßigt, sich zu wiederholen: »Das Leben, gute Frau.«

»Was?«

»Das Leben, sag ich.«

»Ich höre nicht, guter Mann.«

Von den alten Freunden fiel ihm nur Schestoperow ein, aber der war auch kein guter Zuhörer. Solches Grübeln führt natürlich zu nichts. Er stand mitten auf der winterlichen Straße und überlegte, zu wem er gehen sollte. Die Leute verändern sich: das hatte er längst erfahren müssen.

Bekannte und Freunde besaß er viele; beim Gedanken

an sie kam er sich keinesfalls verlassen vor. Da waren die Kollegen, auch sensiblere darunter, da waren die sogenannten Freunde der Familie. Alle ganz passabel. Indessen meinte er, diese Unterhaltung würde nicht einfach sein: was erzählen und was nicht. Nicht einfach und lästig vielleicht auch für den, dessen Blick ihn gestern noch nicht mied. Nein, das müßte einer von den alten Freunden sein, den halb vergessenen.

»Ignatjew grüßt Schestoperow«, rief er an der Ecke mit gewohntem Aplomb in den Hörer. Die Antwort klang, wie erwartet, vorwurfsvoll: »Du, Sergej? Endlich meldest du dich.«

»Ich komm mal auf einen Schwatz vorbei.«

»Das wolltest du schon vor einem Jahr.«

»So lange haben wir uns nicht gesehen?«

»Es können auch zwei sein oder drei.«

Sie lachten. Ignatjew gab es plötzlich einen Stich, er mochte nicht mehr.

»In Ordnung, ich komm dieser Tage mal.« Er versprach es, schwor es hoch und heilig in seiner Bedrängnis, dann hängte er ein.

Ging nach Hause.

»Mutter ist noch nicht da«, sagte der Sohn.

»Ich weiß«, antwortete Ignatjew sanft, sie gleichsam entschuldigend.

Sie nahmen zum Abendbrot Platz.

»Was machen die Schularbeiten?«

»Fertig.«

»War's dir nicht langweilig so allein?«

»Überhaupt nicht. Ich war draußen. Habe dann gelesen.«

Seine Frau kam erst nach Mitternacht. Zum Erzählen hatte sie keine Lust. »Wozu?« Sie warf Tasche und Mantel hin; er merkte natürlich, daß sie nach Alkohol roch.

Der Junge schlief nicht – natürlich, er ahnte längst,

daß sich Veränderungen anbahnten. Man hätte von einem sechsten Sinn bei ihm sprechen können, wäre das alles nicht gar zu banal und alltäglich gewesen.

»Mutter«, tönte seine Stimme aus dem dunklen Zimmer.

»Was ist, Schatz?«

»Setz dich zu mir. Sing mir das Lied.«

Sie ärgerte sich plötzlich.

»Bist du ein kleines Kind? Bist du noch fünf?«

»Mutter!«

»Quengel nicht! Schlaf!«

Sie mochte wirklich abgespannt sein nach dem Erlebten.

Außerdem sollte der Junge (er hatte solch starkes Schmusebedürfnis) wohl nicht ihren Alkohol- und Zigarettenatem spüren. Nach kurzem Zögern – sie war aus dem Licht der Diele ins Halbdunkel getreten – schob sie die Tür zu seinem Zimmer zu; er sollte da nun, beleidigt und wütend, schlafen.

»Wir müssen reden«, wiederholte er beherrscht. »Ich gehe erst schlafen, wenn wir geredet haben.«

»Ich möchte mich waschen.« Sie wandte sich zum Bad.

Als sie seinen Schritt hörte, wies sie ihn mit Leichtigkeit zurück: »Darf ich mich waschen?«

Hinter ihrem flüchtenden Rücken hervor funkelte der Spiegel im Bad, und dann blitzte die Emaille der Wanne auf – Ignatjew rief ihr hinterher: »Trotzdem reden wir heut noch!«

»Keine Frage!« Sie lachte auf.

Sie waren fünfzehn Jahre verheiratet und scheinbar unangefochten dem Zenit geruhsamen Ehelebens entgegengeschritten, jenseits dessen Veränderungen nicht mehr stattfinden. Gleichmaß – maß sich daran nicht das Leben? Nicht mehr lange, und das Altwerden begann – so schien es. Fünfzehn Jahre ans Haus gewöhnt, kannte seine Frau nach der Arbeit nur Mann, Sohn und Fernseher – kein Wunder und verständlich, daß Ignatjew sich angewöhnt hatte, über ehegeplagte oder eheverdrossene Ehemänner seine Witze zu reißen. So ganz glaubte er ihnen auch nicht.

Er hörte das einlaufende Wasser rauschen. Sie trällerte: »So reißend der Fluß, kahle Steine rundum ...«

Dies Lied hatte der Junge sich von ihr gewünscht. Sie hatte es ihm abgeschlagen und schien es nun in Gedanken vor sich hin zu trällern. Es war eins dieser traurigen Liedchen, doch klang es reichlich lustig aus ihrem Munde, fast aufdringlich. Als sie beim Duschen ausrutschte, juchzte sie übermütig und sang dann weiter, das Lied geriet ihr zu Kitsch, zu billigem Schlager.

»Was ist also?« fragte er mit angestrengter Miene beim Tee. »Hältst du's mit den Männern? Oder mit dem Wodka?«

»Weiß man das so schnell?«

Er zuckte die Achseln.

»Ich hätte es aber gern gewußt.«

Seit zwei Wochen probierte er es mit allen nur erdenklichen Mitteln, eine abendliche Unterhaltung kam nicht in Fluß oder geriet unwillkürlich zu Zank und wechselseitigem Geschimpf, was nichts klärte oder zutage förderte. So ging das Abend für Abend, manchmal auch nachts. Ihre Antwort, soweit man davon reden konnte, lief allemal nur auf eins hinaus: Auf ihrer Arbeitsstelle hatte sich ein lustiger Kreis zusammengefunden.

»Was tut der lustige Kreis so?«

»Wir trinken, tanzen – mein Gott, was tun Männer und Frauen, wenn sie beisammen sind.«

»Verschiedenes.«

»Das tun wir auch.«

»Du hast dich wohl in der Jugend nicht ausgelebt?«

Simas ausweichende Antworten waren gelogen. Ignatjew kochte, weil sie nicht lügen konnte. Diese Reden wie auch der flotte, kecke Ton waren ein einziges Schuldgeständnis.

»Was hab ich schon vom Leben gehabt – nichts gesehen, keinen gekannt. Ich wußte nicht, was Leben ist. Bei uns im Betrieb sind sie nach der Arbeit schon immer ins Theater oder ins Kino gegangen, haben sich amüsiert, bloß ich hab mich rausgehalten.« Sie war den Tränen nahe. »Ich möchte das auch, Liebling. Was ist schon dabei?«

Wenn man sich schon länger kennt, spürt man die Lüge sofort. Er wiederholte nur: »Richtig: Was ist schon dabei, wenn du möchtest!«

Sie kam aus dem Bad.

»Sei mir nicht böse, ich möchte schlafen, ich halt mich kaum auf den Beinen.«

Wie an den Vortagen folgte er ihr nicht. Er blieb noch ein Weilchen sitzen und ging dann, da es spät war, in sein Arbeitszimmer, dort stand eine Liege. Die Zänkereien zermürbten ihn. Seinem Schritt sah man die Ermüdung an. Vordem, in guten alten Zeiten, war er kein Kostverächter gewesen, und auch jetzt ließ er keine Gelegenheit zu einem Abenteuer aus, indessen hatte er sich ausgelebt und probte nun die geruhsame maßvolle Lebensführung, auch äußerlich. Er hatte Familie, Sohn und Frau, hatte sein Haus, seinen Sessel und seine eigene Teetasse. Und er hatte auch eine kleine stille Passion – das Sammeln von Kunstbänden. Auf dem Weg zu seinem Zimmer hörte er Vitkas Stimme: »Vater!«

Ignatjew steckte den Kopf durch die dunkle Tür und murmelte in verdrießlichem Ton: »Halt den Mund. Schlaf!«

Dann schliefen Frau und Junge. Ignatjew schlief nicht. Er durchwanderte gemessen den ihm verbliebenen Teil der Wohnung, seinen nächtlichen Schritten gleichsam zugewiesen zu dieser nachtschlafenden Zeit – Arbeitszimmer und Küche, rauchte. Am Morgen hatte er einem hübschen Bonmot nachgesonnen; auch jetzt fühlte er sich dazu angeregt. Als er an dem ovalen Dielenspiegel vorbeikam, wiederholte er, ein bißchen variierend: »So spielt das Leben …«

Er musterte recht verschämt sein Spiegelbild: Hatte er Falten bekommen? Das wäre möglich gewesen in diesen Tagen. Er fand keine. Er wußte, er war ein gestandener Mann, ein bißchen eitel, ein bißchen großtuerisch, denn er gehörte zu denen, die sich ständig beobachtet wähnen, obwohl doch keine Beobachter vorhanden sind. Falten also fanden sich keine – das war gewiß. Keine Falten, keine Herzschmerzen, auch gelegentlich nicht.

Er überlegte. Untreue und Ehebruch der Frau lösen bei uns Gemütsbewegungen aus.

Bei Krankheit der Ehefrau geschieht dasselbe. So ist unsereins nun mal beschaffen.

Ist eine Frau aber sowohl untreu als auch krank, dann sind wir im Zweifel, was tun, welche Gefühlsregung zeigen. Wir sind kopflos. Ignatjew ärgerte, daß er zu mittelmäßig war, um diese Geschichte zu verinnerlichen oder halbwegs damit fertig zu werden. Ihn ärgerte, daß er nicht begnadeter war als andere – eben nur Mittelmaß.

Nachdem er sich so vorm Spiegel zur Genüge betrachtet hatte, schaltete er das Licht aus, schwippte die Pantoffeln von den Füßen, damit sie nicht schlappten, und schlich auf leisen Sohlen ins Zimmer, wo seine Frau schlief. Trat ganz nahe ans Bett. Die Augen hatten sich rasch an die Dunkelheit gewöhnt. Sima, sichtlich abgemagert, schlief. Er wollte ihr etwas Gutes sagen, etwas wahnsinnig Liebes, fand nur die rechten Worte nicht. Wollte ihr übers Haar streichen, ließ es aber, um sie nicht zu wecken.

Schon der Gedanke, die um ihn sitzenden Kollegen könnten Mitleid zeigen oder tuscheln, weil ihr junger Chef von seiner Frau betrogen wurde, schien absurd – Ignatjew war eine Autorität. Aber auch das Schweigen war peinlich. Einige von ihnen, vielleicht nicht die eifrigsten, standen ihm recht nah, und das schon über Jahre. Wie beiläufig, ganz harmlos tuend, fragte er also Tulzew, ob eine ordentliche bescheidene Frau sich von einem Tag zum andern völlig verändern könne, etwa aus Krankheitsgründen.

»Bei Frauen ist alles möglich«, lachte Tulzew, der einen Infarkt hinter sich hatte.

»Sehr tiefsinnig.«

Damit ließ Ignatjew es bewenden.

Marina rief an. Sie hatte sich schon seine Nummer beschafft.

»Hör mir mal gut zu, Ignatjew«, sagte sie. »Also: Meine Arbeitsstelle ist doch von Simas nicht weit entfernt. Zwei Straßen. Ich bin also mal rüber in ihr Büro; sie ist mir im Gang gleich in die Arme gelaufen. Mein Gott, wie lange man sich nicht gesehen hat! ›Wir gehen heut ins Theater‹, sagt sie. Ich darauf. ›Kann ich nicht mitkommen?‹ Kurz, ich habe mich ihrer Truppe angeschlossen. Feine Truppe, sag ich dir. Ich könnte den Abend mal mitgehn und sehen, was sich so tut; wenn's dir recht ist.«

»Mach das!« sagte er gleichgültig.

Sie darauf entschuldigend: »Sei nicht böse wegen gestern: Ich hab zu viel geredet.«

»Geschenkt!«

»Sei nicht böse. Ich war so aufgeregt.«

»Schön.«

Er legte auf.

Er drückte die Zigarette aus, rief bei seiner Frau an, es

klingelte geraume Zeit, bis sich eine tiefe weibliche Stimme meldete. Wohl jemand von der lustigen Truppe.

»Sima sammelt grade das Theatergeld ein.«

»Verdammt! Ist sie denn die große Macherin bei Ihnen?«

»Na klar!« Dann schnippisch: »Haben Sie was dagegen? Da hat man endlich mal so'n fideles Haus, und schon wird gemeckert und gemäkelt. Sima schmeißt doch den Laden. Glauben Sie nur, wir sind froh, daß wir sie haben.«

Dann kam seine Frau an den Apparat; er fragte, wie sie sich fühle.

»Ganz gut.«

»Freut mich für dich. Wann geht ihr wieder ins Theater – morgen?«

»Heute.«

»Und danach geht ihr aus?«

»Möglich.«

»Trinkt ihr wieder einen?«

»Sollen wir trocken dasitzen?« Sie lachte, und die Umstehenden, ihre Kollegen, fielen mit amüsierten Zurufen und Gelächter ein.

Der Sohn saß vor dem Fernseher. Ignatjew setzte sich zu ihm, faßte ihn um die Schulter, sah sich den Film mit an.

Um zehn dann ging er hinaus. Der Mond schien. Der Schnee knirschte unter den Schritten. Zweimal und noch zweimal umkreiste er das Haus, bis er sie endlich erblickte – mit Schiern auf der Schulter trat sie aus dem Hauseingang. Sie wohnte nebenan, in einem Neungeschosser, und war ihre Ärztin.

Eine Zeitlang schritten sie nebeneinander.

»Wie sieht's aus?« fragte er.

»Es hat sich erneut bestätigt.«

Wie gestern und vorgestern schon wollte er es nicht

glauben. Das heißt, er glaubte und akzeptierte es schon, wie das so geht bei Hiobsbotschaften, doch er sagte zweifelnd: »Sie fühlt sich jetzt aber fabelhaft, wie sie sagt.«

»Trotzdem ist es so.«

»Aber wie lange ... Muß sie operiert werden?«

»Sie hat höchstens noch vier Wochen zu leben. Der ganze Organismus ist voller Metastasen – operieren ist zwecklos.«

»Sie weiß nichts?«

»Natürlich nicht. Das Röntgenbild war geradezu erschütternd. Ich war mit ihr bei unserer Röntgenologin Sofia Semjonowna. Wissen Sie, sie ist allerhand gewöhnt – auch sie hat nur mit Mühe Fassung bewahrt. Auf dem Gang hat sie mir zugeflüstert: ›Furchtbares Bild.‹«

»Wird sie sehr leiden?«

»Wenn es dem Ende zugeht.«

Sie ging mit ihren Schiern davon, und Ignatjew blieb, wie gestern und vorgestern, mit seiner Trübsal allein. Der Mond leuchtete.

Marina traf ihn an der Metro, auf dem Wege zum Dienst. Sie streifte die Strickhandschuhe mit dem roten Hahnenmuster ab und blies sich in die Hände.

»Ich habe schlechte Nachrichten für dich – willst du sie hören?« Sie blies erneut in die Hände.

»Eine tolle Truppe ist das: Das paart sich ganz schön. Man amüsiert sich. Sima hat anscheinend mit Krassikow geschlafen.«

Ignatjew zuckte zusammen.

»Vielleicht auch nicht«, räumte sie hastig ein. »Er schneidet unwahrscheinlich auf, prahlt ... So klar sieht man nicht durch. Sie sitzen da in ihrem Betrieb zusammen und feiern. Momentan ist ein gewisser Nowoshilow ganz wild auf sie.«

Er schwieg.

»Wie sie sich geküßt haben, das hab ich gesehen. Er hat ihr Gesicht in beide Hände genommen und mit ihr herumgeschmust.«

»Sie hat ihn nicht abgewehrt?«

»Davon hab ich nichts bemerkt.«

»Hast du auch richtig hingesehn?« fuhr er plötzlich wütend auf.

»Ich habe mir Mühe gegeben.«

Sie schwiegen.

»Was sind das für Männer?«

»Na, richtige Mieslinge. Sie sitzen da bei ihrem Glas und lauern, ob eine Eva sich einen antütert, dann ist sie dran. Ist sie solo, geht's bald zu ihr; sonst nimmt sie einer im Taxi mit zu sich. Zum Feiern nach Hause.«

Sie berührte ihn mit der Hand im Fäustling mit Hahnenmuster. »Schlimm? Ja?«

Er zog eine säuerliche Miene. Er mußte zum Dienst und kam höchst ungern zu spät.

»Über mich hat Sima sich riesig gefreut«, sagte Marina mit verhaltener trauriger Stimme. »Wirklich riesig. ›Na so was‹, sagte sie, ›meine Jugendfreundin ... Die Unzertrennlichen ... Wollen wir es nicht wieder werden?‹ «

»Du bist bis Schluß geblieben?«

»Freilich. Von mir wollten sie's auch wissen. Sie haben aber rasch gepaßt – ich hatte ja einen Auftrag.«

»Du hast gelernt, Männer abblitzen zu lassen?«

»Was sein muß, muß sein.«

Er steckte sich eine Zigarette an.

»Auftrag!« sagte er mit wieder aufschießender Wut: »Darauf darfst du stolz sein. Die Miseren anderer auszuspähen! Und dein Zimmer sieht aus wie 'ne Bruchbude. Du solltest lieber tapezieren, die Decke weißen, renovieren, statt dich auf Sauforgien rumzutreiben!«

Er schleuderte die Kippe weg und wandte sich grußlos zur Metro hinab. Er war durchgefroren bis auf die Knochen. Es war elend kalt.

Er war in Eile. Die Beine liefen von allein; er schien Angst vor dem Stehenbleiben zu haben, darum diese Eile.

Er lief direkt zu Wanja Kornejew.

»Da!« Er reichte ihm einen Kunstband. »Du warst doch hinter Nesterow her – ich habe einen aufgetrieben.«

»O Gott!« Wanja Kornejew, Schöngeist, Sprachforscher und Sammler von Kunstbänden, wurde rot, dann blaß. »Wie bist du denn da rangekommen? O Gott, nicht zu fassen!«

Noch ganz von Sinnen umklammerte er den Band, daß die Finger weiß wurden und lange steif blieben. Erst gestern hatte er qualvoll von dem Nesterow-Band geträumt – er hätte ihn dem Nachbarn von nebenan gestohlen, über den Balkon. Jetzt, welch ein Zufall, erfüllte sich sein Traum. Eine unnatürliche Starre befiel ihn. Der sonst so Gesprächige und Lebhafte bekam den Mund nicht auf; es dauerte geraume Zeit, bis er die Redegabe zurückgewann.

»Ich … ich weiß gar nicht, wie ich das gutmachen soll.«

»Das will ich dir verraten.« Ignatjew lächelte. »Du kennst doch, soviel ich weiß, eine beim Volksgericht. So 'ne Kleine. Ich will mich scheiden lassen …«

»Verstehe. Alles klar!« rief Wanja Kornejew, Schöngeist, Sprachforscher und Sammler, mit unverhofft heller Stimme. Diese Gewißheit stimmte ihn heiter: Er hatte einen viel höheren Preis befürchtet. Schon dachte er nicht mehr daran, wie er und seine Frau feiertags bei Sima stets herzliche Aufnahme gefunden hatten, sie ihnen Pelmeni und Wodka aufgetischt hatte. Dachte nicht mehr daran, wie er ihr Haus mit schnapsseligem Gesang erfüllt hatte. Dem Kunstsammler sei auch vergeben, daß er dem Grund der Scheidung nicht nachforschte: Er war vollkommen durcheinander. »Natürlich, die Kleine im Volksgericht. Die besorgt das im Handumdrehen, du brauchst nur den Antrag zu stellen. Was sag ich – den Antrag schreibt sie dir auch.«

»Das muß wirklich nicht sein.«

Ignatjew ging; der Anblick, wie Sammlern die Hände zittern, war ihm immer zuwider gewesen. Er war in Eile.

Er rief Marina im Dienst an.

»Ich bin reif fürs Irrenhaus … Hier ist doch nur der Chefapparat; alle telefonieren über Mittag.«

Sie war wütend.

»So oft wirst du doch nicht angerufen«, stichelte er.

»Werd nicht unverschämt.«

Dann kam er zur Sache: »Weißt du, da du solch guter Detektiv warst, sei's noch einmal. Ich brauche mehr Auskünfte über meine Frau … Ich bitte dich von Herzen.« Er wechselte den Ton. Wer weiß, auf welchen Ton sie ansprach. So wechselte er den Ton wie den Schritt. Er bat: »Marina … Tu dein Bestes … Klär alles … Für mich!«

Sie wandte ein: »Was denn noch? Es ist alles klar. Du wolltest es doch nicht hören. Du bist weggelaufen.«

»Erzähl.«

»Im Lokal war's um zwölf aus. Dann wurde weiter gefeiert, Sima ist mit zu Nowoshilow gegangen. Im Taxi. Mit 'ner Flasche.«

»Er ist Junggeselle?«

»Von wegen! Er hat ihr unverblümt erklärt: Meine Frau ist mit dem Kind in Belorußland. Für vier Wochen. Sturmfreie Bude … Sima hat immerzu gedrängelt: Hast du die Flasche? Die Flasche? Scheußlich, das zu erzählen. Einen schalen Geschmack hat man dabei.«

»Du bist mir die richtige heilige Magdalena ...«

»Versteh mich recht: Scheußlich war das da vor den Leuten und daß Sima sich vor mir nicht geniert hat. Kein bißchen. Wir sind doch Jugendfreundinnen.«

»War sie betrunken?«

»Ein bißchen.«

Er hatte es eilig. In der Mittagspause sauste er im Taxi nach Hause und zurück; spurtete gleich los zu Wanja Kornejew, dem Schöngeist und Sammler. Er hatte es so eilig, daß der Taxifahrer, der beflissen den Schlag aufriß, ihm nachbrüllte: »Und mein Geld?« Fluchend machte Ignatjew kehrt. Endlich stürmte er zu Wanja Kornejew hinein, entleerte die Aktentasche auf den Schreibtisch – alle Kunstbände, die er besaß. »Sie gehören dir, Wanja!« Und damit keine Zweifel blieben, fügte er lächelnd hinzu: »Ein Geschenk.« Einige Bände waren beim Entleeren aus dem Schutzumschlag gerutscht, das war leicht zu beheben. Ignatjew stürmte weiter. »Ich hab's eilig. Bis später.«

Er achtete nicht drauf, ob Wanja Kornejews Hände oder Beine zitterten oder ob er am ganzen Körper flog, vor Aufregung über das fürstliche Geschenk. Eilig betrat er das Zimmer des Stellvertretenden Direktors (eine Treppe tiefer gelegen), wo es ihm gelang, gefaßt aufzutreten und bündig zu formulieren.

»Es geht beim besten Willen nicht. Ich kann nicht auf Dienstreise gehen.«

»Warum nicht?«

»Meine Frau ist erkrankt.«

»Löblicher Entschluß«, sagte der Stellvertreter. »Ich gestehe, ich höre zum erstenmal, daß mit solcher Begründung auf eine Frankreichreise verzichtet wird. Schön. Dann schicken wir Subarjow.«

Seine Frau war eigenartigerweise zu Hause. Sie war pünktlich, oder vorzeitig, vom Dienst gekommen. In dieser Zeit war das reichlich merkwürdig – nach Haus kommen und sie antreffen. Der Bengel, maulend, saß über seinen Schularbeiten.

Sima kam soeben aus dem Kinderzimmer. Im Morgenrock. »Vitka wird mit seinen Aufgaben nicht fertig. Hilf ihm doch mal. Du kommst ja so spät.«

»Ich?« Den Spott vermochte er sich nicht zu verkneifen.

»Das sollte kein Vorwurf sein. Es hätte ja was sein können.«

Die Stimme klang abgeklärt – matt und welk. Sie sagte verlegen: »Könntest du nicht allein essen? Ich bin müde. Ich schlaf schon im Gehen ein.«

Er setzte sich zu Vitka, die Hausaufgaben durchsehen. Als Vitka dann schlief, kochte Ignatjew sich still und leise einen Tee und aß allein, ein gekochtes Ei und Wurst.

Als er an ihrem Zimmer vorbeikam, sah er durch die angelehnte Tür, wie sie auf dem Bauch lag, den Kopf ins Kissen gewühlt. Er machte die Tür ganz sacht auf und trat ein. Seine Wut zügelnd, wie dies Männer so gern tun, war er vollkommen gefaßt und die Ruhe selbst. Er trat zu ihr heran und fragte teilnahmsvoll: »Was hast du?«

Trotz dieser Anteilnahme ahnte, wußte er, daß sie sein Mitgefühl nicht erringen konnte, der Groll saß zu tief.

»Ich habe wieder Beschwerden, Serjosha. Dieses Bauchweh. Ich war heut bei der Ärztin.«

Sie sprach gedämpft, ins Kissen hinein.

»Was hat die Ärztin gesagt?«

»Der Bauch wäre nicht in Ordnung. Ich soll morgen wiederkommen.«

Ebenso gefaßt fragte er: »Bist du sicher, es ist der Bauch? Kann es nicht weiter unten sein?« Er bemerkte, wie ihr Rücken zuckte.

»Wer weiß. Schwer zu sagen.«

»Jaja«, lenkte er ein, »was weiß man schon.«

Sie fiel in Schlaf.

Ignatjew litt. Er nahm ein Schlafmittel, konnte trotzdem nicht schlafen und wanderte erneut hin und her, zwischen der Küche und seinem Zimmer. Bei jedem Kehrt verkürzte er seinen monotonen Marsch: Er fühlte sich unbehaglich, bedrückt. In den Spiegel blickte er diesmal nicht. Er schloß die Zimmertür, hörte Radio, um sich abzulenken. Unversehens aber stürzte er zurück zu seiner Frau, rüttelte sie voller Wut. Schrie, daß die Töne nur so aus ihm herauspfiffen: »Rausschmeißen werd ich dich! Nackt an die Luft setzen!« Das stellte er sich als Züchtigung und Schande sondergleichen vor. Er raste. Er hatte sich in jungen Jahren einst mit einem Mädchen überworfen und sich mit ihr geohrfeigt; er hatte vergessen, wie das war.

»Wie? Was?« Sie blinzelte gegen das Licht und hob die Hand vor die Augen (schützte vielleicht das Gesicht vor einer Ohrfeige).

»Was ist, fragst du? Das will ich dir verraten. Selbst einem Blödian ist klar, was du immer bis drei Uhr nachts getrieben hast.« Er nannte bei Namen, was sie getrieben hatte. »Du meinst, das wüßte keiner? Hast du vergessen, daß Männer Schwätzer sind!«

»Was redest du ...«

Sie stotterte hilflose Rechtfertigungen. Da riß er sie aus dem Bett und stieß sie zur Tür hin. Mit kräftigen gezielten Püffen.

»Ich ... Wir haben Kaffee getrunken«, log sie eilig, weil es doch eine Lüge sein mußte. Aber schon beförderte er sie mit einem letzten kräftigen Puff hinaus auf die Vortreppe. Und sie stand da in ihrem alten, fadenscheinigen Nachthemd. Kein Wunder, daß es stellenweise geplatzt war, gerissen, Fetzen und lange Fäden herabbaumelten. Der helle Körper schimmerte hervor, er mochte blaugefleckt sein. Er schloß hinter ihr die Tür. Machte sie jedoch gleich wieder auf – es war ja Winter. Die Hände vor die Brüste gedrückt, stand sie da. Er konnte nicht umhin, sie wieder hereinzuholen.

»Rein!« zischte er.

»Ich bin doch bloß auf einen Kaffee mitgegangen …«

»Du bist reihum gegangen. Erzähl nichts!«

Nach diesem Auftritt schlief sie gleichwohl ziemlich schnell und gewohntermaßen ein: Nach fünfzehn oder zwanzig Minuten vernahm Ignatjew ihren gleichmäßigen Atem; kein Zweifel, sie schlief. Er schlief die Nacht nicht. Tigerte herum. Trank Tee.

Am Morgen wurde über den Abriß eines institutseigenen Hauses beraten.

Um das Haus für sich zu erhalten, führte das Institut mit dem Bezirksexekutivkomitee einen Streit schon über Jahre. Dem Bezirksexekutivkomitee waren, wie das so üblich ist, Gutachten und Dokumente vorgelegt worden hinsichtlich des kulturhistorischen Wertes des Hauses: ein legitimes, wenn auch schon landläufiges Verfahren. So konnte der halbwegs stichhaltige Nachweis geführt werden, daß das Haus ein Architekturdenkmal des 18. Jahrhunderts sei. Nachgerade gesichert schien auch, daß auf einer Durchreise General Bagration in diesem Haus genächtigt hatte – Papiere über Papiere, eins vermessener als das andere, landeten im Bezirksexekutivkomitee.

Im Bezirksexekutivkomitee blieben die Zweifel. Indessen verstummten sie augenblicks, als ruchbar wurde, daß auf dem Gelände des Hauses (unabhängig vom Bezirksexekutivkomitee und unabhängig vom Institut) ein neuer Prospekt entlanggeführt werden sollte, ein wunderschöner Prospekt, den Plänen nach. Damit war der Streit entschieden: das Institut verlor das Haus. Allerdings war dem Institut daran gelegen, das Gesicht zu wahren, und so verfolgte die Beratung nunmehr das Ziel, das Institut möge dem Entscheid von oben zuvorkommen und von sich aus den Abriß beschließen.

Der Stellvertretende Direktor führte den Vorsitz. Ignatjew, übernächtigt und gelb vom vielen Rauchen, saß neben ihm.

»Genossen!« Und nochmals mit erhobener Stimme: »Genossen! Ich darf Ihnen versichern, unser Institut kann durchaus verzichten auf diese paar Zimmer.«

»Es sind zwölf!« rief jemand.

»Richtig, zwölf. Na und?«

Lärm erhob sich.

»Und was ist mit Bagration?« rief jemand vom Fenster.

»Aber Genossen ... Erstens ist umstritten, ob Fürst Bagration wirklich in diesem Haus übernachtet hat. Und zweitens hat das Bezirksexekutivkomitee zugesagt, uns im Bereich unseres Instituts ein andres Haus zur Verfügung zu stellen. Darüber liegt ein Sonderbeschluß vor: Das ist uns garantiert, Genossen.«

Er nickte einer rundlichen Frau vom Gewerkschaftskomitee zu – sie wußte, was in diesem Fall zu sagen war.

Indessen, vor ihr trat unversehens der redefreudige Tulzew ans Rednerpult.

»Jahrelang war das eine richtig, jetzt das andre. Wo bleibt denn da, verdammt, unsre Geschichte? Ich bitte um Vergebung, Genossen, ich bitte darum, meine abweichende Meinung zu protokollieren.«

Unverhoffter Beifall scholl auf. Unverhofft vermutlich auch für Ignatjew, der in dumpfer Erstarrung dasaß.

»Ich war kürzlich«, fuhr Tulzew fort, »auf dem Kulikowo Pole ...«

Der Stellvertreter unterbrach ihn: »Was hat denn das mit unserm Haus zu tun?«

»Was das damit zu tun hat? Wenn Sie heute dem Abriß des Bagration-Hauses zustimmen, dann werden Sie morgen ...«

»Bagration-Haus? Ein einziges Mal hat der Fürst dort übernachtet, und das ist noch fraglich!«

»Darf ich ausreden?«

In der Versammlung kam Unruhe auf. »Laßt ihn doch ausreden!« – »Das alte Rußland geht unter!« – »Warum einem den Mund verbieten?« Möglich, daß das alte Haus keinen sonderlichen oder nur geringen Wert darstellte, hier aber war ein menschlicher Nerv getroffen worden. Fünf Personen meldeten sich zu Wort, um zumindest vom Platz aus Protest zu erheben. Der Stellvertreter war verwirrt und bereute schon, die Versammlung vorm Mittag anberaumt zu haben: Bei Leuten mit vollem Magen Zustimmung zu erzielen ist, versteht sich, bei weitem leichter. Da rief plötzlich jemand halblaut: »Es wird ja schon abgerissen.«

Dann kaum vernehmlich: »Es wird abgerissen, Freunde!«

Das sagte einer am Fenster – er hatte zufällig hinausgesehen und vor Überraschung ganz leise gesprochen; nun drängelten sie alle, der eine langsamer, der andere schneller, zu den Fenstern und versammelten sich dort. Unter ihnen auch Ignatjew. Über die Köpfe der andern weg sah er, der Abriß war in vollem Gange, halb getan schon oder mehr noch. Das Haus glich einer Zahnruine. Ein Stück Dach und ein einziges Fenster des ersten Stocks hatten sich unbegreiflicherweise gehalten. Die riesige Metallbirne schwang erneut aus, holte Schwung zum vielleicht letzten Stoß. Schon war eine Planierraupe zur Stelle.

Ignatjew ging: Er ging still im Augenblick, als es geschah. Noch einmal umflog er mit dem Blick die Hinterköpfe der Kollegen an den Fenstern (ihnen stand gleichwohl noch die Beschlußfassung bevor) und ging. Da dachte er wohl zum erstenmal an einen Fluß mit reißender Strömung. Der Gedanke lag nahe. Solch reißender Fluß ist das Leben. Alles spült die Strömung davon, nichts zu ändern, dachte er. Aber schon, fast parallel, dachte er, daß es gescheit war, sich rechtzeitig aus der Quasselbude abzusetzen. Weiter dachte er, auch das sehr konsequent, nach der schlaflosen Nacht könne er jetzt einen starken heißen Tee vertragen. Dann zerbrach etwas in ihm.

2

»Acht Tage«, sagten sie vorwurfsvoll. »Volle acht Tage.«

Warum acht? fragte sich Ignatjew. Er hatte die Tage doch gezählt.

Am Ende ging ihm auf, sie meinten Arbeitstage, bei Abzug von Sonnabend und Sonntag, denn für sie war dies das wichtigste: Sie kamen dienstlich; der Stellvertretende Direktor, die Dicke vom Gewerkschaftskomitee und der agile Infarkt-Tulzew, den sie mitgebracht hatten wegen seines persönlichen Verhältnisses zu ihm.

Sie machten zu dritt ihren Besuch. Sima hatte ihnen geöffnet, sie reserviert begrüßt und nach links gewiesen: »Er ist dort, im Zimmer. Ergötzen Sie sich an dem Anblick!« Nun ergötzten sie sich.

»Malerischer Anblick«, sagte der Stellvertreter.

»Das reinste Schlachtfeld«, meinte auch Tulzew.

Einzig die Dicke von der Gewerkschaft traf gleich den richtigen Ton (sie traf immer den richtigen Ton): »Wir wollen nicht in dich dringen, Serjosha, dich nicht verhören, wir wissen, du hast großen Kummer gehabt, und nun ... trinkst du seit acht Tagen.«

Das schwierige Wort wollte ihr nicht über die Lippen. Nachdem sie es aber bewältigt hatte, war der Damm gebrochen. Wie aus einem Munde erzählten sie alle los. Ignatjew sah und hörte sie wie durch Nebel, sah sich selber jedoch nicht – unrasiert seit Tagen, wirr um den Kopf, rot entzündete Augen, verknautschte Sachen, so lag er auf der Liege. Mit einer Geste des Unmuts sagte der Stellvertreter: »Er müßte sich im Spiegel sehen, holt doch mal einen möglichst großen.«

Infarkt-Tulzew hockte sich auf den Rand der Liege, beugte den Kopf zu Ignatjew und flüsterte: »Du hast ein schönes Zuhause, du hast eine fabelhafte Frau. Dienstlich läuft alles – was ist los, sprich dich aus, ich bin doch dein Freund.«

Ignatjew knurrte: »Schlimm, diese Trinkerei.«

»Oha!« machte der Stellvertreter.

Ignatjew (sich im Spiegel sehend) stieß einen tiefen, verlegenen Seufzer aus.

Da trat Sima ein.

»Bloß nicht so zimperlich! Nehmen Sie ihn nur tüchtig ran!« sagte sie reserviert.

»Das tun wir auch«, sagte Tulzew.

»Er säuft und säuft und liegt nur da, hat zu nichts Lust«, fuhr sie fort. »Beschäftigt sich nicht mit dem Jungen, geht nicht einkaufen.«

Tulzew wiegte den Kopf.

»Was muß man da hören, mein Lieber? Das ist ja weniger schön.«

Alle schwiegen.

Es war Zeit, zum Ende zu kommen. Der Stellvertreter sagte: »Ich brauche dir nichts weiter zu erklären – du bist kein Kind. Bloß eins: Wenn du dem Dienst weiterhin fernbleibst, gibt's einen Eintrag.«

Sie gingen. Sima brachte sie hinaus, klapperte dann in der Küche mit Geschirr.

Da kehrte Tulzew noch einmal zurück.

»Serjosha«, flüsterte er kaum vernehmlich, obwohl sie doch beide allein waren. »Trink, wenn du's nicht lassen kannst. Aber komm morgen zum Dienst – klar?«

Er war in Eile. Er wollte seine Sonderstellung betonen, wollte aber auch die beiden Vorausgegangenen wieder einholen.

»Serjosha«, flüsterte er, »der Eintrag ist schon fertig, wirklich: acht Tage unentschuldigtes Fehlen, das ist nicht ohne! Du kommst doch bestimmt?«

»Bestimmt.« Ignatjew nickte.

»Aber morgen, Serjosha. Denk dran. Und räum das da weg.« Er stieß mit dem Fuß an eine der Flaschen unter der Liege, wo sie prompt gegen andere klirrte. »Trink in Gesellschaft, im Lokal, aber nicht zu Hause. Wenn du blank bist, kann ich dir aushelfen.«

Und noch mal in beschwörendem Flüsterton: »Morgen, Serjosha. Denk dran, morgen.«

Er stürzte davon.

Ignatjew stand auf. Das Gehen fiel ihm schwer, er meinte, sich weiß Gott wohin zu begeben, und begab sich doch nur ins Bad und nahm den Rasierer. Er hockte sich auf den Wannenrand und stierte beim Rasieren auf die Ecke des Spiegels. Er hatte das Gefühl, er fange nun neu an, fange ein neues Leben an. Hundertfach hatte er im Kino eine solche Szene gesehen, die landläufig einen Neuanfang oder Wendepunkt markiert. Er warf die zerknautschte Hose ab, ließ Wasser in die Wanne laufen, stellte sich dann aber nur unter die Dusche. Im Zimmer wollte er aufräumen, ließ es aber bei einem Versuch bewenden: langte eine Flasche hervor, die nächstliegende, angelte nach der zweiten und warf sich dann, völlig entkräftet, auf seine Liege.

»Sima!« rief er.

»Was ist?«

Sie war auf der Stelle da. Sie hatte bemerkt, daß er sich rasierte.

»Morgen gehe ich zum Dienst«, sagte er.

Sie brach in Tränen aus.

»Bestimmt?«

»Bestimmt.«

Sie strich mit der Hand über sein Haar. Das war eine flüchtige impulsive Geste.

»Du bist mir nicht mehr böse, Serjosha ... Warum trinkst du nur so viel?« Sie schluchzte. »Jaja. Es ist passiert. Es war ein Ausrutscher. Ich war nicht bei Sinnen. Aber es ist vorbei. Vorbei, Serjosha. Ich habe es hundertfach bereut. Wenn du willst, bitt ich dich um Verzeihung – verzeih mir.«

Sie setzte sich zu ihm, auf den Rand der Liege. So hatte auch Tulzew gesessen.

»Schön, du hast getrunken, natürlich, du hast vergessen wollen. Verständlich; es reicht doch aber, Liebling. Wirklich, mein Guter.« Mit einer Handbewegung streifte sie die Tränen von ihren hübschen Wangen. »Schau mich an, Serjosha, wend nicht den Kopf. Ich will deine Augen sehen.«

Sie faßte seinen Kopf und drehte ihn zu sich, damit er sie ansah, in ihre Seele sah, wie sie es nannte. Er blickte ihr in die Augen, auf die abgezehrten Hände, die spitzen Schultern – zusehends magerte sie mehr ab. Tag für Tag ging das so, ohne Feierabend, ohne Atempause.

»Bloß noch ein Strich bist du«, knurrte er.

»Das soll wohl sein. Ich muß Diät halten. Vorübergehend. Das weißt du doch. Und dann: Schlank ist jetzt Mode. Oder willst du keine schicke Frau?« Sie stand auf. »Schau, wie schlank ich geworden bin. Bald habe ich meine Jugendmaße wieder.« Sie setzte sich erneut zu ihm. »Vergiß es. Vergiß alles! Mit dieser Truppe, mit dem Theater, mit den Saufabenden bin ich fertig.« Sie deckte ihn zu, stopfte die Decke auf beiden Seiten unter. »Schlaf. Und grübel nicht. Mit uns wird alles gut. Ich bin mir ganz sicher.« Ihre Stimme frohlockte sogar ein bißchen. »Bestimmt, verstehst du? Mit uns wird alles wieder gut. So wie vorher.« Sie warf ihm von der Tür einen frohen Blick zu. »Morgen früh mach ich dir Kaffee, gut?«

Im Institut rang er mit dem Schlaf; kaum hielt er sich auf seinem Stuhl. Immerhin, bis zur Tischzeit stand er's durch, wobei es ihm, verglichen mit Zuhause, hier viel mehr behagte, er konnte dasitzen und schlafen und grübelte weniger. Gewiß, auch hier zählte er die Tage und sah, wie in einem fremden Fenster, sich und seinen Sohn schon einsam und allein die von dem tragischen Verlust überschatteten Abende verbringen. Es war nur kein fremdes Fenster, es war seins. Seine Gedanken schweiften in jene Tage, verloren sich.

Nach Tisch nickte er, im Sitzen, wieder ein, doch auch im Schlaf hatte er seinen Schutzengel. Eben rechtzeitig sprang der agile Tulzew herbei und rüttelte ihn.

»Serjosha, eine Neuigkeit: Der Gumyrin, der da Leiter wurde, stell dir vor, der hat gar keine Praxis. So ein Kerl: Die ganze Kaderleitung hat er angeschmiert.« Er rüttelte Ignatjew. »Penn nicht ein, Menschenskind!« Und leise: »Reiß dich zusammen, Junge!«

Ignatjew sah zur Tür und erblickte den Stellvertretenden Direktor. Der schien auf einen Sprung in ihre Abteilung gekommen, um etwas Dienstliches zu klären. In jedem Fall aber klärte er, daß Tulzew Ignatjew nur mit Mühe hielt und heftig auf ihn einredete, damit der nicht einschlief oder gar vom Stuhl sank.

Der Stellvertreter entfernte sich einigermaßen zufrieden. Jedenfalls trat er nicht näher, sagte kein Wort zu Ignatjew, denn er sah ein, es war der erste Tag. »Bravo,

Junge!« murmelte Tulzew etwas lauter, kniff ihn freundschaftlich in den Ellbogen und ging.

Kurz vor Dienstschluß allerdings wurde sein Halbschlummer nochmals gestört: Wanja Kornejew rief an. Der Apparat stand gottlob auf dem Schreibtisch – Ignatjew brauchte nur hinzulangen.

»Serjosha?«

»Ja.«

»Damit du Bescheid weißt: Die Kleine vom Volksgericht haben wir in der Hand. Das klappt. Todsicher. Nur ein paar Tage noch. Übrigens, sag mal, an einen Picasso-Band kommst du nicht zufällig ran?«

Ignatjew hörte nur dumpfe Geräusche, begriff gar nicht, wovon die Rede war. Er dachte gar, er wäre taub geworden. »Was ist?«

»Einen Picasso ...«

Wanja Kornejew, Schöngeist, Sprachforscher und Sammler, war ein höflicher Mann, das konnte nicht bestritten werden. Doch hartnäckig war er auch. So reich beschenkt, sagte er sich natürlich, daß sein Kollege Ignatjew die Kunstbände kaum besorgt, vielmehr in seiner vitalen Bedrängnis sich seine eigenen aus dem Herzen gerissen und hergegeben hatte. Sammler haben Verständnis und Mitgefühl füreinander. Ignatjew besaß unter anderm auch einen Picasso-Band (das wußte Wanja Kornejew), den dürfte er kaum aus besonderer Vorliebe oder Knickerei zurückbehalten haben. Höchstwahrscheinlich war er vom Regal gerutscht, zu Boden gefallen und lag nun dort. Der Kunstband im Staub? Konnte Ignatjew nicht trotz all seiner Bekümmerung und Betrübnis einen Blick hinter sein Regal tun? Wanja Kornejew sprach das so offen nicht aus, das hätte gegen die Regeln der Höflichkeit und auch Klugheit verstoßen. Er wiederholte lediglich: »Einen Picasso ... Ich brauche dringend einen Picasso.«

»Ach so, Picasso«, murmelte Ignatjew und legte auf. Genauer, er ließ den Hörer fallen. Worum es ging, war ihm ohnehin unverständlich geblieben. Der erste Tag fiel ihm nicht leicht.

Am Abend, als Sima ihn wieder betrunken erlebte, geriet sie in Wut. »Amüsier dich, geh fremd – räch dich, wenn du willst, aber mach dich nicht kaputt.« Vielleicht rächt er sich wirklich? dachte sie. Weiß man's! „Du darfst dich nicht kaputtmachen. Du bist der Ernährer! Denk dran! Nicht an dich denk, denk an dein Kind!«

Schon am nächsten Morgen wurde sie aktiv, aus verständnisloser Empörung und indem sie sich die gegenseitigen Beleidigungen vorrechnete. Abwarten, was würde, konnte sie nicht, wollte sie nicht. Das war bezeichnend: Je mehr sie abmagerte, desto entschlossener wurde sie, was immer sie sagte und tat. Die strenge Diät stand sie nun durch ohne Schwierigkeiten. Sie lebte nach der Uhr – stundenweise, pünktlich, schluckte sie ihre Medikamente. Buchstäblich zusehends wurde sie zum Willensmenschen, und durchaus im Sinne ihrer neugefundenen Identität erklärte sie Ignatjew am nächsten Morgen, sie werde die Scheidung einreichen.

»Solch ein Mann ist weder für mich gut noch für mein Kind.«

Sie stand inmitten des Zimmers, während er auf der Liege lag.

»Hast du verstanden?«

So fragte sie und ging, und Ignatjews unstete Gedanken blieben nur an einem haften: Er hatte die Scheidung heimlich betrieben, hinter ihrem Rücken, wohingegen sie mit offenen Karten spielte.

Abends (er hatte im Institut einen weiteren Tag herumgebracht) tat sie den nächsten Schritt, der weniger gerecht als rechtens war: Sie verbat sich den Zutritt zu ihrem Zimmer ohne Klopfen oder Notwendigkeit – das war ihr Gebot. Und unter keinen Umständen sollte er das Zimmer des Jungen betreten – er sollte wie ein Fremder sein.

»Noch einmal: Wage dich nicht zu Vitka rein – Trunksucht zu Hause kann Kinder traumatisieren, das weißt du.« Sie fügte hinzu: »Und trink nicht zu Hause. Sauf draußen, um die Ecke – wo du willst.«

Ignatjew, das sei gesagt, fand sich erst allmählich mit seiner Isolierung ab, ohne es recht gewahr zu werden. Immer wieder (nachdem er angeklopft hatte) stand er verlegen in der Tür, stieß wirre Laute aus und stammelte eine Frage. Überhaupt verhielt er sich recht dumm. Zuweilen begegneten sie sich auch in der Küche.

»Wie geht's?« krächzte er dann mit weggewandtem Gesicht; sie sollte seinen Atem nicht riechen. Oder: »Herrliches Wetter. Könnte ich nicht mit Vitka spazierengehen?«

Sie darauf unmißverständlich: »Geh in deine Ecke! Solange du das Trinken nicht läßt, gibt's keine Nachsicht. Und selbst wenn, trau ich dir nicht gleich wieder. Warten wir erst mal ein Jahr ab.«

»So was Stures«, krächzte er.

»Was dachtest du denn!«

Am späten Abend kam sie (nach Anklopfen) zu ihm hinein, schaute gar nicht, ob er mit dem Gesicht zu ihr oder zur Wand lag, lenkte den schwebenden Schritt der Schlankgewordenen sogleich zum Bücherregal.

»Ich brauch den Picasso.«

Sich so offen und unverblümt zu erklären, war längst verbindlicher Zug ihrer Natur geworden.

»Ich war bei Kornejew. Er will mir bei der Scheidung behilflich sein und hätte gern den Picasso-Band. Wo ist er eigentlich?«

Ignatjew lag in gewohnter Apathie, nicht ansprechbar,

auf der linken Seite; vor einer Stunde hatte er auf der rechten gelegen. Nach dem Dienst war er auf ein Glas zu seinem alten Freund Schestoperow gegangen und dann, zu Hause, auf die Liege gefallen. Nun kriegte er die Augen kaum auf, sah seine Frau, auf Zehenspitzen stehend, hinters Regal lugen. Nicht, daß er staunte. Warum sollte er? In den fünfzehn Jahren ihres Ehelebens hatten sie sich so aneinander angepaßt, daß, als die Reihe nun an ihr war, sie die Scheidung auf demselben Weg betrieb wie er. Auch sie wollte den Berg lieber umgehen als übersteigen. So hatte sie sich ebenfalls an Wanja Kornejew gewandt und ihn womöglich mit denselben Redensarten wie er um schleunigen Beistand gebeten.

Sie fand den Picasso, wischte ein Spinnweb ab und wandte sich zur Tür, den Band in den schmalen, abgezehrten Händen.

In ihrer Stimme klirrten Spott und Triumph: »Schlaf, mein Lieber, schlaf, ich hab nur was geholt.«

Erstaunlich waren ihre kleinen Tricks: Tricks einer Ehefrau, die doch immerhin die Scheidung betrieb. Fast täglich ließ sie ihm Zeitungen zukommen, wo es um Bekämpfung des Alkoholismus oder des Alkoholmißbrauchs ging. Sie ließ die Zeitungen, vorwiegend aber auch Bücher, in der Küche liegen, am Herd, wo Ignatjew morgens seinen Tee brühte und mit einem Schluck den Kater vertrieb. Ihr so rasch gereifter Charakter hatte alle Sensibilität abgeworfen, ihre Denkweise schien verkrustet, einseitig fixiert, jeglicher Flexibilität zu entbehren – ein Buch zum Beispiel ließ sie aufgeschlagen auf dem Tisch liegen, nicht etwa ein paar Seiten vor dem moralischen Fingerzeig, sondern augenfällig prompt auf der jeweiligen Seite. Möglichst sollte auch eine Abbildung den Familienverfall illustrieren: etwa ein struppiger Säufertyp, völlig verwildert, drohte mit den Fäusten, und seine unglücklichen, angstgepeinigten Kinder drückten sich in die Ecken.

»Ignatjew grüßt Schestoperow«, pflegte er seinen alten Freund annähernd immer um dieselbe Zeit des frühen Abends (nach Dienstschluß) bei Betreten der Wohnung zu begrüßen: der verlotterten Wohnung des Junggesellen. Die Wohnung sah er im Grunde nie. Es ging gleich immer in die verwohnte Küche. Ignatjew eilte nicht, ließ die Zeit aber auch nicht ungenutzt vergehn. Er langte seine Flasche aus der Aktentasche, spülte eins der geschliffenen Gläser.

Unterdessen kam der einsame traurige Schestoperow auf seinen Gegenstand zu sprechen: »Tja, mein Lieber, die Weiber sind ein Rätsel.« Der sonst so stille Schestoperow überlegte laut: »Ich habe nachgedacht, sie studiert ... und jetzt kenne ich sie, das darfst du mir glauben.«

Ignatjew trank, und ihm war so wohlig. Die Reden Schestoperows, der ihm gegenübersaß, plätscherten leichthin wie ein naher Bach, dem man nicht zuzuhören braucht.

»Wenn eine Frau ein bißchen X-Beine hat, kannst du auf alles gefaßt sein. Vor allem bei einer um die vierzig – die ist kaum auf Touren zu bringen und darum tückisch.«

»Na ja, wenn sie X-Beine hat«, flocht Ignatjew abwesend ein.

»Du kannst dir noch eine Regel merken: Eine Frau mit zu üppigen Hüften ist labil, naschhaft und wenig standhaft: Da kannst du kräftig hinlangen.«

Ignatjew sank schon in Tran, duselte fast ein: Er schaute zum Fenster hinaus, nur ab und zu traf sein Blick auf den Freund und blieb an ihm haften. Menschen verändern sich. Schestoperow war einst ein lustiger Vogel gewesen, ein forscher Kerl, hatte aber Pech in der Ehe gehabt: nach kurzer Zeit schon, einem halben Jahr oder weniger, war seine Frau mit einem Geologen durchgegangen. Auf Nimmerwiedersehn. Nicht mal ein paar mehr oder weniger nette Zeilen hatte sie zurückgelassen. Unter der Geschichte hatte Schestoperow sehr gelitten. Er wußte keine Erklärung dafür. Solchem Mißgeschick jedenfalls wollte er für die Zukunft vorbeugen. Er beschloß, ernsthaft das Studium der Frauen zu betreiben. Dies tat er nun seit zehn Jahren.

»Ich gehe«, sagte Ignatjew und erhob sich. Er wandte sich zur Tür, und sein vom vielen Alleinsein schon ein bißchen spinnerter alter Freund brachte ihn zum Fahrstuhl.

»Bleib doch noch«, bat er.

»Ich kann nicht, um zehn muß ich zu Hause sein.«

»Deine Frau wartet wohl!« Neid und Leid würgten ihn im Halse.

Ignatjew antwortete nicht.

Um zehn langte er zu Hause an, stand eine Weile vor der Haustür, drehte seine Runde ums Haus. Es schneite. Ignatjew mußte nicht lange warten – die Ärztin, Pullover, Schier über der Schulter, kam auf ihn zu.

Mit Rücksicht auf ihre Zeit fing er sofort an zu erzählen.

»Sima geht's nicht schlecht. Sie will nicht kündigen. Man hört sie nie klagen.«

In seiner Stimme schwang immer Hoffnung, ein bißchen. Es bestand aber keine Hoffnung mehr.

»Natürlich«, sie nickte, »das ist eine gewisse Euphorie. Man kennt das. Sie kündigt das baldige Ende an.«

Sie standen bloß ein paar Minuten in der Kälte.

»Aber sie hat doch keine Schmerzen.«

»Doch, doch. Sie hat! Vorerst noch keine wesentlichen. Aber gestern hat sie über Schmerzen geklagt. Ich habe ihr Opiumtabletten gegeben. Vom Opium weiß sie natürlich nichts. Zum Glück, wenn man hier von Glück sprechen kann, ist sie eine willensstarke Frau.«

Sie blickte zu einer Schispur, die allmählich zuschneite. Sie schien daran erinnern zu wollen, daß sie im Pullover in dieser Kälte stand und die Schier hielt.

»Ich danke Ihnen.«

»Keine Ursache.« Sie seufzte. »Denken wir nur mehr an unsre Gesundheit. Unser Leben hängt immer an einem Faden.«

Sie stieg in die Bindungen und lief flott los auf ihren Brettern, die Stöcke wirbelnd und mit der etwas fülligen Figur hin und her schaukelnd.

Sonnabend in aller Frühe platzte Marina herein – Ignatjew hörte, wie sie und Sima sich in der Küche gemütlich zum Tee niederließen. Sie hatten dieser Tage öfters telefoniert und sich auch getroffen. Ja, sie hatten sich neuerlich angefreundet. Wie sie girrten: »Nur Jugendfreundschaften halten, alles andre geht schnell in die Brüche.«

»Es wird auch mit uns wieder, meinst du nicht, Marina?«

»Gehen wir doch mal wieder ins Kino, Sima.«

Vor lauter Gefühlsseligkeit sanken sie sich gar wohl in die Arme dort in der Küche.

Als Ignatjew in die Küche kam, um einen Schluck Tee zu trinken, grüßte Marina kühl. Sie wandte das Gesicht ihrer Tasse zu, als wäre die beachtenswerter als ein leibhaftiger Mensch. Beide Frauen schwiegen, gaben zu erkennen, daß sie über ihn und sein Verhalten geredet hatten, dieses, versteht sich, unmöglich fanden und ihn als Außenstehenden betrachteten.

Recht einfallslos und deplaciert sagte er: »Bin ich denn nicht auch, hm, euer Jugendfreund?«

Beide schwiegen.

Er entfernte sich in sein Zimmer, und sie fingen mit Wäschewaschen an. Zunächst hörte er noch Geplapper, dann lief im Badezimmer rauschend Wasser ein, und plötzlich summte die Waschmaschine los. Die sonnabendliche Unruhe war nervtötend, dies Gepolter und Gelärme ihrer vereinten (und vergnüglichen) Bemühungen erreichte ihn jeden Moment, so fest er auch die Tür geschlossen hatte.

Mit einer Flasche in der Aktentasche zog er zu Schestoperow – in die verwohnte Küche, wo der Junggeselle, die Frau bis in die letzten Tiefen erforschend, allein hockte; er schien gelesen zu haben.

Mit Vergnügen klappte er das Buch zu. Die grünlichen Augen schimmerten feucht, als er gleich zur Sache kam: »Frauen mit vielen Muttermalen an Hals und Gesicht sind in der Regel kalt. Sie sind nur mit Bravour zu nehmen. Durch Überrumpelung. Einverstanden?«

»Mag sein.«

»Und noch ein weiteres Symptom: Dieser Frauentyp zeigt nicht spätabends wie die andern, sondern vor allem morgens größte Erregbarkeit.«

Die Frau, die ihn sitzengelassen und ihm derart psychische Blessuren zugefügt hatte, war seit langem Mutter zweier Kinder. Sie hatte es schwer gehabt, hatte sich mit wechselndem Erfolg geplagt für ein Zimmer, ein paar Rubel, ein paar hübsche Kleider und einen bescheidenen, aber eignen Platz unter der warmen Sonne, die für alle da war. Wahrscheinlich hatte sie nicht die leiseste Ahnung, was aus dem vormals lustigen Vogel, ihrem Mann, geworden war.

»Du hast sie nie wiedergesehen?«

»Wen?«

»Deine Frau, deine Exfrau.«

»Vor fünf Jahren«, erinnerte er sich, »hat sie mir mal geschrieben. Sie wollte sich mit mir treffen, einfach so, ein bißchen reden, plaudern. Ich habe abgelehnt. Ich kenn diesen Typ. Der Fall ist für mich erledigt – oder meinst du nicht?«

Ignatjew sah sich auch schon so vereinsamt, in gleicher oder doch ähnlicher Lage, da es ja völlige Konformität nicht gibt. Fragte sich nur, wohin das Leben ihn trieb oder wohin er selber sich trieb und welches Ende es mit ihm nahm. Und dann dachte er noch: Überlege gut, bevor du über jemanden lachst.

»Die wesentlichen Kennzeichen der Frau, das sind ihre Brüste, ihr Hintern und ihre Knie – oder? Nichts zeugt so von den Komplexen der Frau, von ihrer Unsicherheit wie ihr Hintern ...«

Seit seine Frau weg war, hatte er keine einzige Frau gehabt, er suchte auch keine Begegnungen, bereitete sie nur theoretisch vor; er war Theoretiker, rein und unbefleckt wie ein Engel. Ignatjew schaltete ab, trank still vor sich hin, starrte zum Fenster hinaus – es schneite.

Zu Hause legte er sich gleich schlafen – die beiden Frauen, die die Wäsche beendet hatten, waren am Putzen, taten es mit Lust und Vergnügen. Sima wischte Staub, und Marina folgte ihr nach mit dem Staubsauger.

»Weißt du noch, wie wir in Uglitsch waren? Wir hatten so eine Schnarcherin im Zimmer.«

»Meine Güte, hat die gestöhnt!«

»Gestöhnt? Gestorben ist sie im Schlaf. Sie hat doch selber erzählt: Jede Nacht sterb ich dreimal, Mädels.«

Im Korridor machten sie Pause – die schmächtige Sima und neben ihr die kräftige Marina. Sie ließen das Putzen für Augenblicke und lachten fröhlich und glücklich in Erinnerung an die plötzlich wieder nahe Vergangenheit. Das waren ja nicht nur Ausflüge, Freundschaft, Uglitsch und die Schnarcherin – es war auch ihre Jugend.

»Weißt du, saug bei ihm gleich mit.« Sima zog seine Tür einen Spalt auf.

»Meinst du?«

»Er schleppt sonst nur den Schmutz hier raus. In die Küche und in den Korridor.« Sie gab der Freundin einen Schubs. »Los! Er ist voll und schläft. Sobald die Scheidung durch ist, zieh ich aus. Dann soll er für sich allein saufen.«

»Dann wird er vollends zum Säufer.«

»Und so nicht? Sicher, Marina, ich könnte es schaffen und mit ihm auskommen, aber für Vitka wär das nicht gut.« Verdrießlich fügte sie hinzu: »Zerbrich dir seinetwegen nicht den Kopf. Er ist ohne einen Funken Willen. Irgendein Gänschen wird ihn sich angeln.«

Sima ging den Herd scheuern, während Marina die Tür aufstieß und mit dem Staubsauger in Ignatjews Zimmer schlich. Scheu oder Hemmungen aber erübrigten sich wirklich, er schlief den Schlaf des Betrunkenen. Sie schaltete den Staubsauger ein. Nicht mal das Getöse störte seinen Schlaf. Man hätte das Regal umwerfen, den großen Spiegel zerschlagen können. Plötzlich setzte sie sich impulsiv (die schönen Erinnerungen an Uglitsch hatten eine quälende Unruhe in ihr geweckt) auf den Rand der Liege und musterte sein Gesicht. Am Ende habe ich doch nur ihn geliebt, dachte sie. Das war beileibe nicht so, und sie wußte das, doch im Augenblick war es wohltuend, so zu denken. Nach der Affäre mit Ignatjew hatte sie das leidige Leben einer alleinstehenden Frau geführt, recht wechselvoll. Die frühere Sentimentalität war ihr längst abhanden gekommen.

Plötzlich durchfuhr sie ein bestürzender Gedanke. Fast entsetzt schaltete sie den Staubsauger aus und verließ fluchtartig das Zimmer.

»Ich kann nicht«, sagte sie verlegen zu Sima. »Mir ist da drin unheimlich.«

»Nanu?«

»Doch, direkt unheimlich. Geh du lieber zu ihm saugen; ich scheuer den Herd. Ich kann keine Betrunkenen sehen.«

Sima winkte ab.

»Dann laß ihm doch seinen Dreck, zum Kuckuck. In der Küche ist genug zu tun.«

Ignatjew wachte auf, als Sima von der Tür aus hallo rief.

Er schlug die Augen auf.

»Ich will dir nur mitteilen, Ignatjew, wir haben den Scheidungstermin bekommen.«

Schmächtig und resolut stand sie vor ihm.

»Wann?« krächzte er verschlafen.

»In vier Wochen. Am Elften. Hauptsache, du erscheinst auch, sperrst dich nicht, kommst nicht mit Aufschub oder legst dich sonstwie quer.«

Nach kurzem Überlegen sagte er: »Das werde ich nicht tun.«

»Bravo!« Sie rief zur Küche hinaus: »Marina, mach ihm einen Kaffee, weil er so einsichtig ist. Er ist heut so lieb, daß wir ihn ein bißchen verwöhnen sollten.«

Verschlafen und tranig stand er auf, ging in die Küche, bekam ein Täßchen dampfenden Kaffee.

Seine Frau rückte ihm die Zuckerdose hin, und bei dieser Bewegung bemerkte er ihre spindeldünnen Ärmchen – hatte sie sich nicht kürzlich ihre jugendliche Schlankheit zurückgewünscht? Nun hatte sie die hinter sich, kindlich mager, wie sie war. Er mochte seine Frau etwas genau fixiert haben – Marina bemerkte den Blick.

In ihrer Stimme schwang plötzlich ein merkwürdiger Unterton, etwas verschämt Lauerndes: »Bei wem bist du eigentlich in Behandlung, Sima?«

»Bei der Sagoruiko.«

»Sie soll ja eine fabelhafte Ärztin sein. Sehr erfahren.«

»Ja. Sie gibt sich wirklich Mühe mit mir.«

Als er in sein Zimmer zurückging, vernahm er neuerlich diesen merkwürdigen Unterton in Marinas Stimme: »Wie wär's mit einer kleinen Renovierung, Sima?«

»Renovierung?«

»Na ja ... Es soll doch alles blitzen wie neu.«

»Ich bin so schlapp, Marina. Ich schaff's nicht mehr.«

»Ich helf doch.«

Gleich darauf erlitt Sima einen Anfall. Ignatjew schlief und hörte nichts, zumal Sima nur leise stöhnte: Sie wußte sich zu beherrschen.

»Oh«, stöhnte sie, die Hände auf den Leib pressend.

»Soll ich die Ärztin rufen?« fragte Marina.

»Laß nur. Die Sagoruiko meint, die Anfälle kommen von Zeit zu Zeit und gehen vorbei.«

»Kann ich dir irgendwie helfen?«

»Gib mir die Tabletten. Dort auf der Konsole. Und ein Glas Wasser.«

»Hier.«

»Danke. Ich leg mich hin, mir dreht sich alles. Paß auf, daß Vitka rechtzeitig ins Bett kommt.«

Eine Zeitlang stöhnte sie noch, dann trat Ruhe ein, sie war eingeschlafen. Dann war auch Vitka im Bett; Marina hatte noch die Schularbeiten durchgesehen und ihn Punkt elf schlafen geschickt, er war gehorsam.

Alles schlief. Marina schritt die Zimmer ab. Befühlte die Wände. Betrachtete die stellenweis recht schäbigen Tapeten – trotzdem, schöne Wohnung. Ohne Eile räumte sie im Korridor auf, wischte die Stiefelspuren und Schneereste auf, die Vitka vor Stunden von draußen eingeschleppt hatte.

Dann ging sie zu Ignatjew hinein. Er schlief. Sie nahm den Besen, fegte vorsichtig, trug die leeren Flaschen in den Korridor und räumte sie in den Schrank. Auf Ignatjews Bett bemerkte sie Brotkrümel und ein Eckchen

Käse, steinhart getrocknet. Sie wälzte den Schlafenden hin und her und schüttelte die Krümel überall ab. Dabei faßte sie ihn so unbekümmert an, als greife sie nach leichter Beute. Sie hatte einen kräftigen Griff, und er schlief fest.

Am nächsten Morgen kam sie vom Einholen mit Tapetenrollen zurück. Entschlossen riß sie die alten Tapeten von den Wänden, und die fielen herab, als hätten sie auf die Frauenhand gewartet: Es knisterte fröhlich. Sie hatte die Ärmel aufgekrempelt, und ihre rundlichen hellen Arme flogen auf und nieder, daß es einem vor Augen flimmerte. Als Ignatjew seinen Tee brühte, dachte er an Marinas verlotterte Bude, die schon seit Ewigkeiten nicht tapeziert worden war, doch verkniff er sich jede spöttische Anzüglichkeit, ließ nur ein ungutes »Hm« hören. Er war mit Kopfschmerzen aufgewacht. Zudem ließ ihn ein bohrender Gedanke nicht los: Er wollte die Fotos betrachten. Er suchte schon überall herum und kam nicht drauf, wo sie sein könnten. Wer sollte sich auch konzentrieren bei dem Geprassel der Tapeten, dem lebhaften Geplapper der Frauen und ihrem dauernden Hin und Her.

Sima meinte, er suche nach Schnaps.

»Es ist nichts da. Du brauchst nicht zu suchen.«

»Was ist nicht da?«

»Was du suchst.«

Da dachte er, es war ja tatsächlich nichts da, und geriet in Bewegung.

»Ja … Dann geh ich …«

Marina spottete: »Geh, geh. Es ist gleich elf – deine Saufkumpane stehen schon Schlange.«

Beide Frauen lachten.

Als er zum Gehen fertig war, drückte Sima ihm Geld in die Hand.

»Kauf eine Flasche mehr.«

»Wozu?«

»Wir brauchen sie.«

»Aber wozu?«

»Ich sag doch, wir brauchen sie.«

Neuerlich brachen beide in Lachen aus.

Bei seiner Rückkehr ging ihm der Sinn der zusätzlichen Flasche auf – Marina hatte drei Handwerker aufgetrieben. Die Auftraggeber, also Sima, Vitka und Marina, deckten mit alten Zeitungen die Möbel ab, und die Handwerker weißten die Decken mittels Spritzgerät: Zwei, auf einer Leiter stehend, bearbeiteten die Decke, während der dritte am Farbeimer hantierte, Farbe nachpumpte und den Eimer jeweils behende der Leiter hinterher wuchtete. Nach dem Weißen wurde an den sichtbaren Stellen das schartige Parkett abgezogen, den Handwerkern wurde heiß dabei, sie zogen sich aus bis auf die Hosen – muskulöse, kräftige Burschen um die zwanzig. Sie arbeiteten zügig und sauber. Pfiffen und trällerten. Draußen lachte der frostklare Himmel. Ein Vergnügen, den Burschen zuzusehen – das blühende Leben, und daneben Sima, mit Zureichungen beschäftigt, ganz Haut und Knochen, fürchterlich.

»Wie das bei ihnen flutscht!« sagte Sima.

»Sind das Kerle!« sagte Marina.

Sie geriet in schwärmerische Stimmung. Wurde von ihren Gefühlen fortgerissen.

»Hier müßte ein Klavier stehen. Ja, genau hier. Ich bin doch solch ein Musikfan. Spiele abends so gern.« Sie gestikulierte mit den Händen und girrte: »Eine kleine Sonate zum Einstimmen. Gedämpft. Getragen. Tamtam. Tamtam. Nichts mehr zu hören: keine Nachbarn, keine Flugzeuge.«

Sima lachte.

»Komisch bist du, Sima. Wie soll hier ein Klavier her!«

Marina war die Seele des Geschehens, sie dirigierte alle – energisch, temperamentvoll, sich zerreißend, entfaltete sie unversehens, so von Zimmer zu Zimmer eilend, all ihre Reize.

»Jungs! Hier die Scharte muß noch weg.«

»Aber das Parkett ist hinüber.«

»Ich hab euch doch ein paar Brettchen besorgt. Mit mehr Sorgfalt arbeiten, Jungens. Mit mehr Sorgfalt!«

Die Jungens vollendeten das Werk und gingen mit einem Lied auf den Lippen. Die Frauen und Vitka nahmen zum Abendbrot Platz.

Ignatjew verschwand.

»Am problematischsten ist eine Frau um die dreißig, fünfunddreißig, oder? Sie weiß schon viel vom Leben, aber das Mitgefühl und Verständnis einer Vierzigjährigen hat sie noch nicht.«

»Wie meinst du?« fragte Ignatjew, der nur halb hinhörte.

Ihm war ein alter Witz eingefallen, von zwei Freunden, die sich beim Schnaps über Frauen unterhalten; er hatte einstmals darüber lachen können. Wie bei diesen beiden (darum kam er, angetrunken, darauf) bestand zwischen ihm und Schestoperow eine peinlich genaue, einvernehmliche Arbeitsteilung: Der eine trank, der andere erzählte von Frauen – faszinierend geradezu. Erwähnenswert ist, Ignatjew bemerkte erstmalig, daß der Theoretiker nicht trank – dies hätte er getrost früher bemerken können.

Ignatjew schenkte ihm ein.

»Danke, danke«, wehrte der prompt ab und schob das Glas prompt beiseite.

»Warum nicht?«

»Wozu trinken? Schnaps macht alt, er bringt den Menschen rascher unter die Erde als alles andere.«

Sie schwiegen.

Dann erklärte Schestoperow mit etwas belegter Stimme, als erkläre er etwas sehr Wichtiges: »Ich will mich nicht kaputtmachen. Ich habe noch allerhand Dienstreisen vor mir … Wenn sich nun eine junge Frau in mich verguckt, was dann? Und ich bin ein Trinker! Etwa eine Sibirierin oder eine Uralerin. Auch eine junge Französin wäre nicht übel oder eine Italienerin. Soll denn das alles am Alkohol scheitern?«

Ignatjew kam ziemlich spät nach Hause: Marina, die sich so wacker heute geplagt hatte, war schon fort, und Sima und der Junge schliefen. Kein Laut war zu hören. Mitternacht ist vorbei, dachte er und wagte in seinem Rausch nicht, Licht zu machen.

Schwankend stand er in der finsteren Diele.

Irrtümlich oder in seinem Tran drang er in Simas Zimmer ein; er hatte die Schuhe ausgezogen und bewegte sich halbwegs leise. Es war Mondschein. Er sah Simas Gesicht und sah den Körper unter dem Bettuch liegen, schmächtig – der Körper eines Kindes. Sie schmeißt mich noch raus, ging es ihm durch den Kopf, und er schwankte aus dem Zimmer. Der Mond war sein Helfer: bloß einmal stieß er an einen Stuhl.

Er gelangte in die Küche und setzte den Kessel aufs Feuer, da er Durst spürte. Machte Licht. Suchte Teesud und fand die Fotos – sie lagen, wie üblich, unter den alten Briefen.

»Endlich!« Er strahlte.

Er freute sich wie ein Kind, das sein Spielzeug gefunden hat.

»Gefunden! Tüchtig, Junge!«

Unter den Fotos fanden sich von seiner Frau nicht allzu viele, er sortierte sie aus und reihte sie nach der Entstehungszeit aneinander.

Zuerst Sima als Studentin …

Oder nein – als Schulmädchen mit Zöpfen – da!

Dann als Studentin. Dann (sie hatten sich grade kennengelernt) er und sie zu zweit – sie lächelt, und er zieht eine fürchterliche Flappe. Dann ist sie schon Frau. Ach, wie rasch sie ihr jetziges Alter erreichte! Es mochten insgesamt fünfzehn Fotos sein. Er zählte sie – vierzehn. So, eins ans andere gereiht auf dem Tisch, erinnerten sie aus einiger Entfernung an ein Flüßchen und das wiederum an einen Fluß, an strömendes Wasser, auf dem in wenigen Augenblicken das Leben seiner Frau an ihm vorbei- und davontrieb.

Schnapsselig klatschte er mit der Hand auf die ausgebreiteten Fotos, die nicht verlorengegangen waren und die er (tüchtig, tüchtig) wiedergefunden hatte.

Jetzt bist du bei mir … Jetzt bist du ganz hier.

Jetzt konnte nichts mehr sie trennen. Der Gedanke stimmte ihn heiter.

Der Antileader

1

Hegte Kurenkow einen Groll gegen jemanden, verdunkelte sich sein Gesicht, nahmen Stirn und Wangen gleichsam die Tönung von Steppenbräune an. Er magerte ab, sank richtig in sich zusammen – sein Äußeres verriet ihn.

»Na, was jetzt?« fragte Schurotschka drohend, musterte seine Bräune und fuhr fort: »Paß mir auf, Kurenkow!«

Er kaute, schluckte, hob zerknirscht die Schultern, brummte etwas Unverständliches. Schurotschka betrachtete ihn aufmerksam. (War ihr Verdacht unbegründet – das gab's –, beruhigte sie Toliks liebevolle, leicht verwirrte Stimme. Sagte Schurotschka: »Paß mir auf, Kurenkow!«, erwiderte er begütigend: »Keine Bange, Kurenkowa!«)

Heute entgegnete er nichts. Nachdem er mit dem Essen fertig war, wollte er sich waschen und bat sie, ihm den Rücken zu schrubben, was ebenfalls eine bestimmte Bedeutung hatte. Für einen Außenstehenden mochten diese Dinge ohne Belang sein, für Schurotschka waren sie ein Signal – eine Frau kennt eben ihren Mann. Mit dem Heißwasserstrahl ließ er so viel Dampf in das kleine Neubaubad, daß ihm heiß und wohl war wie in einer Sauna. Dafür tropfte es überall, die Wände wurden feucht, und Schurotschka schimpfte (nicht zum erstenmal): »Du Faultier, geh lieber in die Sauna!« Nachdem er genug geschwitzt hatte, steckte er den Kopf zur Tür heraus und bat Schurotschka, ihm doch den Rücken zu schrubben. Da stand er, nackt und mager, zusammengeschrumpft und hilflos wie ein kleiner kranker Junge, der so gerne gewaschen werden möchte, und sei's aus Mitleid. Schurotschka war gerade beim Geschirrspülen. Als sie ihn so aus der Tür lugen sah, maulte sie zwar, seifte ihm aber natürlich den Rücken ab, wobei sie bemerkte, daß er nicht nur im Gesicht, sondern am ganzen Körper dunkel geworden war.

Nun stand es für Schurotschka so gut wie fest, daß Kurenkow wieder mal einen Rochus auf jemanden hatte. Nach kurzem Überlegen wußte sie, wer es war: Tjurin. Wassili Tjurin war erst vor ungefähr einem Jahr zu ihrem Kreis gestoßen, hob sich aber schon von den anderen ab. Alle mochten ihn, weil er stark war, umgänglich und immer guter Dinge und – ein Auto besaß, mit dem er schnell mal jemanden wegbringen oder abholen konnte.

Während der Meister im Fernseher herumhantierte, hatte Schurotschka nach seinem Diktat die Schäden aufzunehmen. Als sie den Blaubogen unter das nächste Blatt geschoben hatte, stand sie unvermittelt auf und ging zum Telefon. Schließlich sorgte sie sich um ihren Mann, und einer adretten, dazu noch molligen Weibsperson sah man vieles nach, Schurotschka wußte das. Sogar die nervösen Kunden (es war ihre Stunde: kurz vor dem Mittagessen) schwiegen. Schurotschka schien es plötzlich, als seien all diese ungehobelten Leute ihretwegen verstummt. Sie kam schnell durch. Kurenkow arbeitete in der Hausverwaltung und lungerte zur Mittagszeit gewöhnlich zu Hause rum.

»Kurenkow!« rief Schurotschka in den Hörer. »Die Elternversammlung in der Schule! Vergiß die nicht! Und zahl die Miete ein! Und die Telefongebühren! Hörst du? Die Telefongebühren!«

War Schurotschka in Unruhe um ihren Mann, lud sie

ihm alle möglichen Besorgungen auf oder schimpfte einfach so, aufs Geratewohl, mit ihm herum. An den Tagen, da sein Gesicht zusehends dunkler wurde, war es angebracht, ihn mit Aufträgen einzudecken.

Abends rief Schurotschka Simins an, sprach sowohl mit Anja Simina als auch mit Alik. »Ich glaub, mein Tolja brütet wieder was aus!« sagte sie. Beide lachten nur und maßen den von ihr geschilderten Signalen keinerlei Bedeutung bei. Sie mochten Tolja. Warum auch nicht – waren sie doch Freunde von Kindheit an! Simins und Olja Slotowa, Marinka, Gena Skobelew – alle wohnten in den mehrstöckigen Wohnblocks, die an die Stelle der alten Moskauer Häuser und Höfe getreten waren. Nichts von früher war übriggeblieben außer den Jungen und Mädchen, die hier aufgewachsen waren und nun, groß geworden, die neuen Blocks bewohnten.

Natürlich vermißte Schurotschka vieles in diesem Kreis der alten Freunde. Sie konnten keine interessanten, klugen Gespräche führen, sie kleideten sich ohne Geschmack, sogar Alik Simin, der Jazzmusiker war, erinnerte eher an einen Papageien, wenn er sich in Schale warf. Aber man kann nicht alles von einem Menschen verlangen. Feinfühligkeit, Geschmack und Urteilsvermögen fand Schurotschka bei anderen; an den alten Freunden schätzte sie eben ihre Freundschaft, die Erinnerung an die Kindheit und, daß man jederzeit zu ihnen kommen konnte. Bei dem Gedanken daran wurde ihr richtig warm ums Herz. Alles würde gut werden.

»Mensch, hab ich dich lieb, Tolja! Hab ich dich lieb!« rief sie im leeren Zimmer aus (lieb, wenn du ruhig und still und gütig bist! bedeuteten ihre Worte). Schurotschka konnte sentimental, manchmal auch überschwenglich sein.

Um ihn bei sich zu haben, nahm Schurotschka Kurenkow mit, ein Geschenk für die Tochter zu kaufen. Arm in Arm steuerten sie auf die Kaufhalle zu, wollten gerade die Straße überqueren, als ein Pkw vor ihnen im Schnee bremste und sie auf den Gehsteig zurückdrängte. Sie warfen einen zornigen Blick auf den Fahrer und ... mußten lachen: Wassili! Der stets gutgelaunte, charmante Wassili Tjurin fuhr auf die verschneite Bordsteinkante, riß die Tür auf und stieg aus. Lächelnd streckte er Kurenkow die Hand zum Gruß entgegen. »Komm, Tolja, wir rauchen schnell eine«, sagte er. Sie standen am Wagen und sprachen über die geplante Silvesterfeier bei Simins. Der Liebling aller zu sein ist gar nicht so einfach. Möglicherweise spürte Wassili Tjurin, daß jemand heimlich einen Groll gegen ihn hegte, ahnte aber nicht, wer.

Zwischen zwei Zigarettenzügen meinte er mit einem Anflug von Besorgnis in der Stimme: »Das wird 'ne Fete! Aber hoffentlich gibt's keine Schlägerei! Wird sich doch keiner vollaufen lassen, oder was denkst du, Tolja?« Nach der sichtlichen Vorfreude auf die Feier klang das recht seltsam, so, als ob man zu Silvester nicht trinken dürfe.

Kurenkow antwortete leise und bestimmt, er würde sich nicht vollaufen lassen, worauf Wassili Tjurin lächelnd erwiderte: »Du natürlich nicht. Um dich mach ich mir keine Sorgen, Tolja.« Er fragte noch, was es bei ihnen Neues gäbe, dann meinte er plötzlich sinnend: »Vielleicht komm ich auch gar nicht, ich weiß noch nicht.«

»Vielleicht komm ich auch nicht«, warf Kurenkow, immer noch leise und bestimmt, ein.

Schurotschka, die an seinem Arm hing und stumm der Unterhaltung lauschte, überlief es kalt.

»Nein, Tolja, du mußt unbedingt kommen. Soll ich vielleicht der einzige ernsthafte Mensch dort sein?« witzelte Wassili Tjurin. Sie waren keine Freunde und keine besonders ernsthaften Menschen und konnten sehr gut ohne einander auskommen, erst recht auf einer Silvesterfeier. Schurotschka tat Wassili fast leid, wie er sich so um Tolja bemühte.

»Komm bloß, Tolja«, wiederholte Wassili. »Dann heben wir einen zusammen, quatschen miteinander, ich mag's, Anatoli, wenn du so deine Ansichten übers Leben darlegst.«

Damit wollte er ihn nun ganz und gar für sich gewinnen: du und ich, wir beide ... Vielleicht unternahm er aber auch kurz vor der Feier bei jedem solche Verbrüderungsversuche, um seine Unruhe abzubauen? Schurotschka registrierte bei sich, daß er Kurenkow »Anatoli« genannt hatte. Warum Wassili Tjurin auf die gemeinsame Silvesterfeier nicht verzichten wollte (wenn er schon so ein komisches Vorgefühl hatte), war unklar. Wassili wohnte mit Marinka Knjasewa zusammen und hätte Silvester ebensogut bei ihr oder mit ihr alleine feiern können, sie hätten nicht einmal abzusagen brauchen. Er war ja auch erst durch Marinka in ihre Clique geraten.

»Also, ich muß jetzt in den Laden«, sagte Schurotschka. Als sie sich nach ein paar Schritten umwandte, sah sie, wie sich die beiden bereits mit Handschlag verabschiedeten (bei Wassili Tjurin ging's nicht ohne Händeschütteln). Wassili stieg in seinen Wagen, fuhr los und winkte Schurotschka noch einmal zu. Er war schon eine imposante Erscheinung, wie er so mit gereckter Brust am Steuer saß. Ihr Tolja, der neben Wassili wie ein Häufchen Unglück wirkte, trottete davon. Schurotschka blickte ihm nach. Er lenkte seine Schritte nicht in Richtung Hausverwaltung, wo er als Klempner arbeitete, sondern bog zum Bierkiosk ab. Es war ein kalter Winter, aber der Kiosk war hervorragend: Bier wurde angewärmt ausgeschenkt, dazu gab es Kringel und Zwiebäcke. Bevor Schurotschka in der Kaufhalle verschwand, sah sie sich noch einmal um: Kurenkow stand bereits an der kleinen Bude und süffelte sein Bier.

Kurenkow war zumute wie einem, der eine Krankheit nahen fühlt. Er quälte sich sehr. Auf Tjurin hätte er gepfiffen, zum Teufel mit ihm, aber das Schlimme war, daß die Wut auf diesen Mann sich jetzt von selbst steigerte und er sie nicht mehr steuern konnte. Äußerlich ruhig, beherrscht, stand er mit seinem Glas vor dem Kiosk, während es in seiner Brust brannte. Er trank drei Gläser Bier. (Gewöhnlich trank er nur zwei.) Das Bier betäubte ihn nicht, und so trabte er mißmutig in die Hausverwaltung, wo er geduldig eine lange Standpauke seines Chefs über sich ergehen ließ – er war ein friedfertiger Mensch.

Er wurde nicht nur zurechtgewiesen, sondern bekam auch noch (nicht zum erstenmal) Arbeit anderer aufgebrummt und klapperte bis spät in die Dunkelheit Wohnungen ab, um Aufträge zu erledigen. In der Hausverwaltung galt er als gutmütiger Kerl, der es nicht gelernt hatte, seine Rechte zu verteidigen.

Aber auch die Arbeit betäubte ihn nicht. Endlich zu Hause, wanderte er, mager und klein, mit dunklem Gesicht, ruhelos durch die Wohnung und drehte mechanisch an den Wasserhähnen. Frau und Tochter gingen bald zu Bett, er aber schlich in weichen Wollsocken immer noch in der Küche auf und ab, hielt sich hin und wieder die Hand vor den Magen – er spürte dort das bekannte Brennen. Zur Nacht verstärkte es sich und kroch bis zum Herzen hinauf.

Erst um Mitternacht legte er sich zu seiner Frau. Ihn fröstelte vom langen Aufundabwandern, und seine Frau war warm von Schlaf und Zudecke. Er streichelte sie. Als er jedoch eine halbe Stunde später noch einmal ihre Brust berührte, fuhr sie wütend herum: »Also, jetzt laß mich doch mal, bist doch kein siebzehnjähriger Bengel mehr!« Da herrschte er sie grob an, sie möge ihm doch gewähren, was des Mannes sei. Aber auch danach wälzte er sich schlaflos im Bett, ging wieder in die Küche, lief auf und ab, rauchte, und das Brennen in der Brust machte ihm immer mehr zu schaffen. Schurotschka, die der Schlaf im Handumdrehen überwältigt hatte, schnarchte laut, er aber faßte sich wieder und wieder an den Magen, wie um das Brennen genau zu orten und einzudämmen. Rauchend stand er am Fenster und sah hinaus. Es schneite leise.

Die Silvesterfeier war noch nicht richtig im Gange, als Wassili Tjurin nervös zu werden begann. Seine Späße waren ungeschickt und – eben nervös, die anderen stichelten und zogen ihn auf. Unvermittelt protzte er mit seinem Wagen und seiner Kunst, Geld zu machen, so daß Alik Simin, der Gastgeber, ihn – natürlich auch scherzhaft – maßregelte: »He, du Großkotz, quatsch nicht so 'n Blech!«

»Ist doch meine Sache!« konterte Wassili Tjurin und frotzelte nun Alik. Schurotschka und Kurenkow saßen etwas abseits, am anderen Ende des Tisches, neben Alik, Simins Frau. Schurotschka hatte sich beruhigt und überlegte sogar, ob sie nicht den Filmkritiker Panajew (das war der Mann, der interessant erzählen konnte und sich geschmackvoll kleidete: Wildlederjacke, Kordhosen!) anrufen und ihm ein gesundes neues Jahr wünschen solle; das konnte ins Auge gehen, aber auch sehr gelegen kommen.

Außerdem bemerkte Schurotschka, daß Kurenkow, der ihr in einem fort nachschenkte, selber schon ziemlich angeschlagen war und kaum noch das Geschehen um sich herum wahrnahm. Na, Gott sei Dank, dachte sie, denn ein betrunkener Tolja war lieb und ruhig. Still und blaß saß er auf seinem Stuhl, versuchte sogar, leise ein Lied anzustimmen, wurde aber von links und rechts niedergezischt, denn es war eigentlich nicht üblich, an der Silvestertafel Lieder zu singen, obendrein war es noch zu früh – und so verstummte er.

Auch Schurotschka (sie hatte sich das mit Panajew überlegt) hatte Tolja aufgefordert, den Mund zu halten und lieber die Tochter anzurufen. Folgsam tappte er ins Schlafzimmer, wo Simins Telefon stand. Dort ließ er sich schwerfällig nieder, und Schurotschka hörte, wie er mit unsicheren Bewegungen die Nummer wählte. Dann hatte er die Tochter am Apparat. »Bist du schon im Bett?« fragte er. »Noch nicht.« – »Und die Hausaufgaben? Hast du die gemacht?« – »Was für Hausaufgaben? Wir haben Ferien.« – »Hmm ... Entschuldige, Kleine. Ich hab getrunken und rede schon Blödsinn.« Er legte auf. Schurotschka war zufrieden. Ein Mann, wie es sich gehörte: Er rief gleich bei ihrer ersten Aufforderung zu Hause an!

Auch Kurenkow war zufrieden: Obwohl schon ziemlich benebelt, hatte er mit seiner Tochter zu sprechen vermocht! Sekundenlang blitzte sogar der Gedanke in ihm auf, ob er nicht überhaupt nach Hause gehen sollte, mochten sie ohne ihn weitersaufen; aber da brannte es ihm wieder in der Brust, und er wankte ins Zimmer zurück, wo alles durcheinanderlärmte und -schrie und das Fest in vollem Gange war. Im Farbfernseher, von niemandem beachtet, lief die »Ogonjok«-Silvestersendung, die Gäste hatten gerade angestoßen und riefen dem eintretenden Kurenkow zu: »Komm her, Tolja! Wir wollen mit dir anstoßen, Tolja!« Fröhlich, wie sie waren, hätten sie auch einem Elefanten zugeprostet. Kurenkow hätte sich zu gerne aus dem Staube gemacht, doch sie streckten ihm die Gläser entgegen, schrien durcheinander, und obendrein grölte Wassili Tjurin, der Liebling aller, mit besoffener Stimme: »Und wenn einer einen Pik auf mich hat, soll er's gleich sagen. Dann gehn wir raus und reden von Mann zu Mann.«

Alles lachte und kreischte. Wassili grinste übers ganze Gesicht und rückte die Krawatte über dem frühen kleinen Bäuchlein zurecht. Sein kräftiges Stiergesicht glühte vom Alkohol.

»Na, dann komm mit! Aber sofort!« rief Kurenkow. Alles wieherte von neuem los über das ungleiche Kampfhähnepaar. Der bleich gewordene Kurenkow wurde beschworen, sich zu setzen, einen starken Tee zu trinken oder, noch besser, etwas Fettes zu essen, doch die beiden Männer gingen schon zur Tür. Da erschien im Fernsehen Alla Pugatschowa; ein leichtes Tuch um die Schultern, entblößte sie beim Lächeln ihre bezaubernden, ein wenig auseinanderstehenden Zähne, begann zu singen, und alles starrte wie gebannt auf den Bildschirm, ausgenommen Schurotschka: Sie kannte ihren Mann. Sie wollte aufstehen und ihm nachlaufen, aber der Sekt hatte sie gleichsam an den Stuhl geschmiedet – die Beine versagten ihr den Dienst. Du Aas, dachte Schurotschka, hast mich ausgetrickst, hast mich extra blau gemacht. Sie gestikulierte, schrie, die Pugatschowa sei doch jetzt nicht so wichtig, sie sollten den beiden hinterherrennen, aber niemand hörte auf sie. Da rutschte sie mit Wattebeinen von einem Stuhl zum anderen, bis zum Fenster, um etwas zu sehen. Das Zimmer stand voller Zigarettenqualm, das Fenster war halboffen.

Kaum aus der Haustür getreten, hieb Kurenkow auf Wassili ein. Die beiden Männer hatten nur ihre Jacketts an, es war kalt, unter den Füßen knirschte der Neujahrsschnee, auf der Straße war keine Menschenseele. Wassili Tjurin schwankte, hielt sich aber auf den Beinen.

»Was ist los mit dir, Tolja?« fragte er verdutzt; er hielt das Ganze immer noch für einen Spaß, glaubte, Tolja Kurenkow habe einfach zuviel getrunken, außerdem war er selber wesentlich stärker als Kurenkow. Aber Kurenkow zischte schon wutentbrannt, sie hätten ihn, den Halunken, längst satt, er solle sich in seinen Südwesten scheren, sich dort amüsieren und sein Geld verbraten.

»Wie? Meinst du das im Ernst, Tolja? Hast du nicht 'n bißchen zuviel getankt?« Wassili tat einen Schritt auf Kurenkow zu, breitete die Arme aus, um Kurenkow ans Herz zu drücken, vielleicht auch, um ihn zu küssen, aber Kurenkow boxte ihn mitten ins Gesicht.

Und dann ging's los! Tjurin war stärker, aber Kurenkow verbissener. Zweimal stürzte er zu Boden und stand wieder auf. Beider Gesichter waren arg zugerichtet, beide atmeten schwer. Insgeheim war Tjurin immer noch der Meinung, daß jemand anders oder gar ein Dritter in den Tagen zuvor diese gereizte Stimmung geschürt hatte und der dumme, liebe, betrunkene Tolja nur ein Strohmann war. Er war ihm nicht einmal böse, und als Tolja ein drittes Mal in den Schnee gefallen war, spuckte er nur Blut und stieß hervor: »Damit du nächstens Bescheid weißt!« drehte sich um, weil er Kurenkow nicht ganz zusammenschlagen wollte, und ging zur Haustür, aus der gerade, aufgescheucht durch Schurotschkas Geschrei, Marinka Knjasewa, Gena Skobelew und Alik Simin stürzten, um die beiden auseinanderzubringen.

Noch ganz konfus, erklärte Tjurin, er habe sich nur verteidigt, Tolja sei ein Schuft, sie sollten gar nicht erst versuchen, sie zu versöhnen, doch da drängte sich Kurenkow, der inzwischen aufgestanden war, blitzschnell zwischen die Freunde und boxte Tjurin noch einmal, heftig und beleidigend, ins Gesicht. Wassili Tjurin rannte zum Wagen, schlug dem wie rasend nachstürmenden Kurenkow die Tür vor der Nase zu, startete und schoß – Schneefontänen spritzten unter den Rädern hervor – auf die andere Straßenseite. Lammfellmantel und Mütze waren zum Glück im Wagen, und Tjurin fuhr zu dem sechzehngeschossigen Punkthaus hinüber, in dem Marinka Knjasewa wohnte. Sonst hatte er niemanden im Wohngebiet. Marinka, der klar war, daß er zu ihr wollte (sie würden nun zu zweit weiterfeiern müssen), warf sich – schon im Laufen – ein Tuch um die Schultern und folgte ihm.

So verschwand der sympathische, fröhliche Wassili Tjurin aus ihrem Kreis. Alle meinten, er sei zu Unrecht so gekränkt, unter Freunden könne ja so was mal vorkommen. Marinka Knjasewa weinte ein bißchen, aber Tjurin würde ohnehin in zwei, drei Wochen zu seiner Familie zurückkehren, die irgendwo im Südwesten wohnte – nur Marinka wußte davon. Sie weinte, weil sie ihn gerne wenigstens diese zwei, drei Wochen für sich gehabt hätte. Alles wurde endgültig entschieden, als Wassili noch einmal kam, um ein paar Sachen abzuholen, die er vergessen hatte. Sie verbrachten die Nacht zusammen, sprachen lange miteinander, und er ging – für immer. Einer, es war wohl Alik Simin, rief ihn mal an, lud ihn ein, doch Wassili tauchte nicht mehr auf.

2

Erst später wurde es bekannt: Als Wassili Tjurin davongefahren und Marinka ihm nachgerannt war, als alle, lebhaft die Prügelei erörternd, wieder zu Simins hinaufgestiegen waren, um doch weiterzufeiern, war Kurenkow nicht unter ihnen gewesen. Er hatte ihnen zugewinkt, er käme gleich nach, wolle sich nur ein wenig abkühlen, griff sich mit zitternder Hand etwas Schnee und hielt ihn an die zerschundenen Lippen. Aber er kam nicht.

Auf der Straße fuhr ein leerer Neujahrsbus, und zwei Taxis schossen vorüber, als Kurenkow den breiten, schneebedeckten Fahrstreifen überquerte. Er lief, die

Schultern fröstelnd eingezogen, nur in Jacke und weißem Hemd, das am Kragen blutbefleckt war. Dabei geriet er wie von selber in Marinkas unregelmäßige Spurenkette, stapfte mechanisch von Fußstapfe zu Fußstapfe, bis er ihr Haus erreicht hatte.

Als Marinka öffnete, drängte er sofort an ihr vorbei in die Küche zu Tjurin, wo sie erneut mit Fäusten aufeinanderlosgingen, sich dann ineinanderverkeilten und gegenseitig die Arme verdrehten. Die Decke rutschte vom Küchentisch, Geschirr klirrte zu Boden, Marinka Knjasewa schlug auf Kurenkow ein und schrie, sie würde die Miliz holen.

»Hol sie doch!« krächzte Kurenkow zurück, fiel erneut über Tjurin her, der sich, überdrüssig vor allem des Lärms und Geschreis, nur noch lahm verteidigte. Einen Augenblick lang standen sie einander mit geballten Fäusten gegenüber, keuchend wie gehetztes Wild. »Du schmeißt mit Geld um dich ... Hau ab, sag ich dir!« preßte Kurenkow so haßerfüllt zwischen den Zähnen hervor, daß auch Marinka plötzlich Angst bekam und vom Telefon zurückwich.

Ohne ein Wort zu sagen, ging Tjurin aus der Küche ins Zimmer, klappte seinen Koffer auf, warf ein paar Wäschestücke hinein, ließ die Schlösser schnappen. Dann zog er ebenso stumm seinen Lammfellmantel an und setzte die Mütze auf. In der Wohnungstür drehte er sich noch einmal um und sagte mit einem schiefen Lächeln zu Kurenkow: »Du weißt nicht, wie man mit Geld um sich schmeißt, Tolja. Ich bin nicht der, für den du mich hältst, das haben sie dir eingeredet ...« Dann ging er, und Marinka Knjasewa schluchzte ihm hinterher.

»Laß das Heulen!« herrschte Kurenkow sie an. »Wenn nicht ich, hätte ihn ein anderer rausgeschmissen.«

Nachdem die Austreibung des allgemeinen Lieblings vollzogen war, verließ auch Kurenkow die Wohnung, überquerte wieder die breite Straße, der leere Obus rauschte erneut vorbei, nun bereits auf der Rücktour. Das arg lädierte Gesicht schmerzte. Er sah zu den erleuchteten Fenstern hinauf, hinter denen überall gefeiert wurde. Aus einem Fenster hing Schurotschka und drohte ihm mit der Faust.

Eine Zeitlang schlich Kurenkow mit schuldbewußter Miene umher: Ist natürlich eine Schande, sich zu Silvester so vollaufen zu lassen und sich obendrein noch zu prügeln! Er, ein Mann in den Dreißigern! Besonders schuldig fühlte sich Kurenkow vor Schurotschka. Sanftmütig und voller Reue, versuchte er nur hin und wieder, sich zu rechtfertigen.

»Ach, Schurotschka«, beschwerte er sich. »Warum darf der eine alles? Hat Geld, protzt damit rum, ist obendrein beliebt, und alle kriechen ihm zu Kreuze.«

»Wer kriecht ihm denn zu Kreuze?« nagelte ihn Schurotschka sofort fest. »Was spinnst du da zusammen? Klar, Wassili Tjurin ist bei allen beliebt, aber zu Kreuze ist ihm noch keiner gekrochen.« Er habe wohl ein bißchen zuviel getrunken, und er wisse nicht mehr, wie alles gekommen sei, wich Kurenkow schnell aus, steigerte aber dadurch, wie immer, Schurotschkas Wut noch mehr. Sie versetzte ihm mit ihrer kräftigen Hand sogar einen Hieb in den Nacken. Wie immer, duldete er es schweigend.

»Was bist du bloß für ein Hornochse!« fauchte Schurotschka, während er ihr bekümmert gegenübersaß.

Dann folgte eine lange Erklärung.

»Ich würde dir glauben, wenn ich dich nicht kennen würde! Aber es ist ja nicht das erste Mal. Ich kenn dich doch!« zeterte Schurotschka. Er nickte nur schuldbewußt.

Als Schurotschka ihre Freunde bat, ihm den Kopf zurechtzurücken, verstanden sie sie nicht. Außer sich, erinnerte sie an frühere Geschehnisse, aber die hatten für sie nichts miteinander zu tun. »Das kann doch jedem mal passieren.« – »Du bist ja übergeschnappt! Was tyrannisierst du Tolja so?« Die Kindheitsfreunde maßen seinen, zumal seltenen, Ausfällen keinerlei Bedeutung bei. »Darf der Mann denn nicht mal einen schmettern?« Sie waren überzeugt, daß er einfach zuviel getrunken hätte.

Alik Simins Frau nannte Schurotschka sogar eine »Nöle«. Von Zeit zu Zeit klagten sie (wie Frauen nun mal sind), in Maßen, versteht sich, einander ihr Leid über die Männer. Anja war der Meinung, Schurotschka übertreibe.

»Du mußt viel ruhiger werden«, sagte sie.

Aber wie sollte Schurotschka ruhiger werden, wenn sie aus Toljas Schilderungen wußte, wie dieser brennende Haß gegen jemanden in ihm wuchs und wuchs, und daß er nichts dagegen tun konnte. Im vergangenen Jahr oder vor zwei Jahren hatte er sich so sehr in seinen Groll auf einen »Glückspilz« hineingesteigert, daß er selber darüber erschrak: Eines Nachts setzte er sich plötzlich im Bett auf und stammelte: »Laß mich morgen ja nicht zu ihm, Schurotschka! Hörst du? Auf gar keinen Fall!« Schurotschka wußte es zu verhindern.

Schurotschka rief ihre Schwiegermutter an. »Mama, Tolja hat sich schon wieder geprügelt.«

»O mein Gott!«

»Mama, einmal ist er davongekommen, ein zweites Mal auch, aber wenn er so weitermacht, landet er im Kittchen!«

Die Schwiegermutter, die außerhalb der Stadt wohnte, versprach, sie zu besuchen und mit ihrem Sohn zu reden, erschien aber nicht. Ihren Seufzern nach zu urteilen, war sogar sie als Mutter der Meinung, daß das nichts anderes als eine Schlägerei im Suff gewesen sei, sie riet der Schwiegertochter, ihn vom Trinken abzuhalten, insbesondere ihn sich nicht mit Alkohol ausnüchtern zu lassen, und war insgeheim überzeugt, um die Vierzig würde sich das alles von selber geben. Keiner verstand Schurotschka. In ihrer Fernsehreparaturwerkstatt saß sie in der Annahme, ihr Platz galt als schön und modern, aber mit Kunden kann man doch über so was nicht reden. Schließlich war der größte Andrang vorbei, die Meister verzogen sich in den Aufenthaltsraum, Dominosteine knallten. Schurotschka war ziemlich fertig. Links vom langen Annahmetisch standen drei Fernseher (in der Mitte ein Farbfernseher, wie um zu zeigen: Seht euch an, was für Arbeit wir leisten!). Auf allen dreien lief, begleitet von einem gellenden Pfeifkonzert, das Eishockeyspiel von gestern.

Wenn sie die Geräte schon nicht ausschalten durfte, nahm sie wenigstens den Ton weg.

Als Schurotschka dem alten Meister von ihrem Mann erzählte, schüttelte er nur den Kopf.

»Na, der hat ja 'n ganz schönes Geltungsbedürfnis!«

»Aber nein!« protestierte Schurotschka und erklärte zum soundsovielten Male, daß Kurenkow überhaupt nicht geltungsbedürftig und auch nicht empfindlich sei.

Sobald sich die Gelegenheit ergab, eilte Schurotschka zu ihrem Liebling, dem Filmkritiker Panajew. Das war ein etwa fünfundvierzigjähriger intelligenter Mann, der vor langer Zeit mal seinen Fernseher in die Werkstatt gebracht und sofort Bekanntschaft mit Schurotschka geschlossen hatte. Der Filmkritiker hatte spät geheiratet und war, wie er selber sagte, noch nicht völlig in seiner Familie aufgegangen. Er schickte seine Frau mit den kleinen Kindern häufig zur Erholung ans Meer oder zur

Schwiegermutter aufs Land und konnte so ebenfalls, wie er sich ausdrückte, seine Seele baumeln lassen, wenn Schurotschka ihn besuchte. Schurotschka erzählte ihm natürlich mehr und öfter als anderen von ihrem Kurenkow.

So und so, berichtete Schurotschka, kaum daß sie sich begrüßt hatten, er hätte sich schon wieder mit jemandem geprügelt. Sie schluchzte los. Panajew schwieg, dann fuhr er sich über den schönen graumelierten Schnauzer und konstatierte: »Der ist doch degeneriert, der gehört in die Klapsmühle.«

»Na, na«, entrüstete sich Schurotschka. »Von wegen gleich in die Klapsmühle!«

»Entschuldige«, räumte der Filmkritiker hastig ein.

Nicht immer kam sofort ein Gespräch zwischen ihnen zustande. Sie schwiegen eine Weile, dann rauchte Panajew und streichelte Schurotschka zärtlich. Er war überhaupt ein zärtlicher, gütiger Mensch. Aber Schurotschka wollte heute keine Zärtlichkeit, sie wollte mit ihm reden, und so bat sie entschlossen um einen Kaffee. Als er in die Küche ging, um welchen zu brühen, kroch sie, wie sie es gerne mochte, in sein Bett. Wenn sie miteinander redeten, tranken sie seit einiger Zeit Kaffee im Bett. Er kam mit zwei Täßchen auf einem hübschen Tablett, auf dem Riga abgebildet war, herein, und während Schurotschka den süßen heißen Trank schlürfte, belehrte sie ihn: »Er ist kein Hirni! Ich würde doch nicht mit einem Irren zusammen leben wollen. Er hat nur einen etwas eigenwilligen Charakter.«

Der Filmkritiker Panajew räusperte sich ironisch, konnte ihr aber dieses Mal keinen vernünftigen Rat geben, sondern äußerte sich nur ganz allgemein, mit den Jahren würde sich das schon geben. Das wußte Schurotschka auch selber. Sie wollte, daß er in das Wesen der Sache eindrang und sie nicht leichtfertig abtat. Da warf

Panajew ein, warum sie sozusagen das Kreuz bis hoch auf den Berg tragen wolle. Wenn sie solche Angst habe, solle sie sich doch scheiden lassen und einen anderen heiraten. Solange sie jung sei, fügte er zärtlich hinzu, worauf Schurotschka ihn anfuhr, er sei wirklich schwer von Begriff, sie habe doch keine Angst um sich, sondern um Kurenkow, sie liebe ihn und würde ihn gegen keinen anderen eintauschen wollen.

»Er ist ein ganz friedfertiger Mensch. Und er liebt seine Tochter. Obendrein mag er Musik, genau wie du.«

»Musik?«

»Ja, Musik.« Und Schurotschka erzählte wohl zum zehntenmal, daß ihr Kurenkow zwar mal einen oder zwei Monate lang trinke, daß er jedoch ein guter Klempner und kein Säufer und auch kein Schlaucher sei, der aus den Mietern zusätzlich Geld rausquetsche.

Wie immer brachte der Filmkritiker Panajew Schurotschka zur Bushaltestelle und schaute ihr nach, wenn sie abfuhr. Sie winkte ihm stets auch aus dem dichtesten Gedränge zu. Panajew dachte an sie und an Tolja Kurenkow, den er noch nie gesehen hatte. Wie schön sind Dramen im Film, sinnierte er, und wie schlimm im Leben, wenn sie sich zwei Schritt vor einem abspielen.

Zu Hause hatte Kurenkow der Tochter das Abendessen bereitet, und beide waren gerade beim Geschirrspülen, als Schurotschka eintrat. Kurenkow war so sanft und friedlich, daß Schurotschka beinahe das Herz schmolz. Sein Gesicht war nicht mehr dunkel, und mager wirkte er auch nicht. Schurotschka wollte ihm schon etwas Liebes sagen, überlegte es sich aber: Das Silvesterdrama war noch zu frisch, noch mußte sie Strenge üben, und so mahnte sie nur: »Paß mir auf, Kurenkow!«

Er wusch das Geschirr und nickte, was bedeuten sollte: Brauchst um mich jetzt keine Bange zu haben, Kurenkowa. Er lächelte leise.

Doch es vergingen drei, vier Monate, und an einem klaren Frühlingstag rief Schurotschka von der Arbeit den Filmkritiker Panajew an und klagte, ihr Kurenkow brüte wohl wieder etwas aus.

»Dir wird's nie langweilig im Leben«, meinte Panajew und seufzte wie gewohnt. Er trug gleichsam einen Teil ihres Kreuzes mit. Wenn er mit Schurotschka am Telefon sprach, vergaß er nie, daß sie manchmal bei ihm im Bett saß, die Arme entblößt und in der Hand ein Täßchen Kaffee.

Panajew äußerte die Vermutung, daß Tolja möglicherweise auf neue Gesichter in ihrer Clique eifersüchtig sei. Vielleicht hüte er damit (wenn auch unbewußt) die Kindheitsfreundschaften und die Erinnerung an die Kindheit. So was käme vor, es gäbe sogar eine besondere Art psychischer Verlagerung. (Er mied das Wort Erkrankung.) Schurotschka protestierte, nein, es stimme zwar, daß sie seit der Kinderzeit miteinander befreundet seien, der Kreis aber habe sich von Jahr zu Jahr vergrößert, und Kurenkow sei ja nicht auf alle Neuen eifersüchtig.

Schurotschka erinnerte sich, wie sie als Kinder in die Pilze gefahren waren. Damals hatte sie sich mit Anja, Alik Simins späterer Frau, verkracht, und Alik und Gena Skobelew versuchten, die Mädchen zu versöhnen. Plötzlich schrien alle auf: Tolja war im Gebüsch auf eine rostige Konservenbüchse getreten und hatte sich geschnitten. Er wollte das Blut aussaugen, brachte aber die Ferse nicht an den Mund. Alle wollten sich vor Lachen schier ausschütten. Sie wuschen die Ferse sorgfältig, und Alik Simin und Schurotschka saugten abwechselnd. Die anderen genierten sich.

Die Wunde ähnelte dunklen, aufgeworfenen Lippen. »Och, ist das kitzlig, och, ist das kitzlig«, japste Tolik nur immer. Er saß neben einem Baumstumpf, hielt den Kopf zur Seite geneigt, Schurotschka lehnte an seiner rechten Schulter, seine weißblonden Haare fielen lang herunter. Er ging damals selten zum Friseur.

3

»Ist denn Syropewzew besser als die anderen?« fragte Kurenkow und blies den Schaum vom Glas. Er wollte sich aussprechen.

Sie tranken Bier vor ihrer Bude. Das war seit Jahren ihr Lieblingsplatz und – wie sie meinten – die beste Stelle im Stadtbezirk und in der ganzen Stadt überhaupt. Der Kiosk stand auf einer natürlichen Anhöhe, die mit Zierpflanzen und Büschen begrünt war, und auch der Ausschank war sauber und ordentlich. Dazu kam die kostenlose Aussicht: Unter ihnen erstreckte sich, wie auf einem Panoramabild, ein weitläufiger Platz, auf dem die Obusse einen Kreis beschrieben und über den Menschen mit Einkaufs- oder Aktentaschen, von oben deutlich erkennbar, eilten.

»Ist denn Syropewzew besser als die anderen? Mal hier, mal dort – überall steckt er seine Nase rein, ohne gefragt zu werden.«

Alik Simin grinste. »Er zeigt sich eben gerne überall. Laß ihn doch!«

Auch Gena Skobelew meinte lächelnd, nachdem er sein Glas geleert hatte: »Was hast du bloß gegen den? Bist du etwa neidisch?«

Alik fügte hinzu: »Sobald hier ein Mann mit Shiguli auftaucht, steckt er dir wie eine Gräte im Hals!«

Kurenkow geriet richtig in Verlegenheit wegen dieser Äußerung. Er hätte schwören mögen, daß der Shiguli ihn überhaupt nicht interessierte. Es kam vor, daß Kurenkow jemanden nicht mochte, aber neidisch war er nie. Gerade diese miese Eigenschaft besaß er nicht.

»Ich bin nicht neidisch. Ich find's bloß widerlich, wie ihr ihm alle in den Arsch kriecht.«

Sie nahmen ihm seine Worte nicht übel, sie lachten nur, und Alik Simin klopfte Kurenkow auf die Schulter. Von hinten kam Schurotschka, die sich ihnen extra langsam genähert hatte, um ein wenig von ihrer Unterhaltung mitzuhören, was ihr wohl auch gelungen war. Sie forderte Tolja auf, mit nach Hause zu gehen, obwohl sie wußte, daß er hier gerne mit seinen Freunden stand. Sie hob die Stimme: »Komm jetzt!« Und Kurenkow gehorchte. Zunächst nahm Schurotschka ihn mit zum Einkaufen und ließ ihn die Taschen tragen.

Zu Hause schwieg er, und so fragte Schurotschka ihn rundheraus: »Na, jetzt hast du es wohl auf Syropewzew abgesehen, wie?«

Er sagte nichts, klapperte weiter mit dem Geschirr. Schurotschka guckte in die Röhre. Vor dem Schlafengehen sah sie gerne einen Film. Wenn sie, füllig und kräftig gebaut, die starken Brüste auf dem Tisch, den Kopf in die Hand gestützt, so in ihrer Lieblingspose dasaß, wurde es in der ohnehin kleinen Küche eng. Der Film spielte im Krieg.

»Laß mich mal durch«, knurrte Kurenkow und drängte sich an Schurotschka, die eine Tasse Tee vor sich hatte, vorbei.

»Und er geht ausgerechnet mit Olja Slotowa!«

Das war ihm unwillkürlich entfahren, aber Schurotschka hakte sofort ein: »Was hast du bloß an dem Mann auszusetzen, du Ekel! Ist doch ein gutaussehender Mann, laß ihn gehen, mit wem er will! Sie ist ja geschieden.«

Kurenkow schwieg, biß sich auf die Lippe. Nach dem Film legte sich Schurotschka schlafen. Auch die Tochter ging zu Bett. Kurenkow aber gingen immer die gleichen Gedanken durch den Kopf, er nährte Groll in sich, bis er mit einemmal innehielt: Das gibt doch wieder ein Unglück! Er legte sich nieder, wälzte sich aber noch lange schlaflos herum, strich sich immer von neuem über den schwächlichen Brustkorb: Das Brennen setzte in der Magengegend ein, aber Kurenkow wußte, daß es mit jedem Tag höher zum Herzen hinaufsteigen würde. Er stöhnte auf wie unter unerwartet einsetzenden Zahnschmerzen.

Als sie am nächsten Morgen gemeinsam das Haus verließen, trafen sie an den Briefkästen Viktor Viktorowitsch Tukowski, einen älteren Nachbarn. In seiner Jugend hatte Tukowski zweimal gesessen, hatte also einiges erlebt und besaß einen geschärften Blick für viele Dinge. Zunächst nahm er die Zeitungen aus dem Fach, wechselte ein paar freundliche Worte mit Schurotschka und wandte sich dann unvermittelt an Kurenkow. »Tolja«, sagte er, »du bist ein guter Junge, aber deinem ganzen Verhalten – verzeih mir altem Mann! – und sogar deinem Gesicht nach zu urteilen, wirst du eines Tages im Gefängnis landen.«

»Wie das?« fragte Kurenkow erstaunt. Tukowski druckste herum und fügte dann – eine Antwort mußte er geben – unwillig und unfroh hinzu, seinem Schicksal entgehe man nicht, auch wenn man sich noch so in acht nehme.

»Weder meine Mutter noch mein Vater haben gesessen, und ich werd's auch nicht«, erwiderte Kurenkow gekränkt und beinahe herausfordernd. Tukowski schüttelte nur den Kopf und meinte, schon an Schurotschka gewandt: »Paß auf ihn auf, Schura!«

»Was geht Sie das an? Ein alter Mann und redet so ein Zeug!« fuhr Schurotschka auf ihn los, obwohl sie bisher ganz friedlich und ruhig miteinander gesprochen hatten.

Viktor Viktorowitsch Tukowski beharrte natürlich nicht weiter auf seiner Vermutung, er nickte und meinte: Ja sicher, es geht mich nichts an, entschuldigt bitte! Er hatte es sogar auf einmal ziemlich eilig, mit seinen Zeitungen nach oben zu verschwinden. Er fuhr in den vierten Stock hinauf und hatte möglicherweise seine Worte schon vergessen, denn Morgengespräche hängen nur zu oft von einer Laune ab. Schurotschka aber war alarmiert. Sofort rief sie ihren geliebten Panajew an und jammerte, sie mache sich solche Sorgen, Kurenkow brüte schon wieder was aus, worauf der Filmkritiker seufzend erwiderte: »Tja, Schurotschka, dir wird's nie langweilig im Leben.«

Zur vereinbarten Zeit eilte sie in seine Wohnung. Sie tranken ein wenig, liebten sich ein wenig, und dann kam Schurotschka sofort auf den wunden Punkt zu sprechen: Sie fürchte, Tolja würde noch im Gefängnis landen, was sie tun könne, wenn ehemalige Knastbrüder ihn schon als einen der Ihren ansahen. Sie fürchte sehr, daß Tolja im Gefängnis lande, wiederholte sie, und ihre Stimme zitterte dabei.

»Wie, hat er noch nie gesessen?« fragte Panajew unverblümt.

»Nein.«

»Wirklich nicht?« bohrte der Filmkritiker weiter, und damit war der schönste Streit vom Zaun gebrochen. Sie war beleidigt. Wie oft hatte sie ihm fast ihre ganze Lebensgeschichte erzählt! Er aber hatte all ihre Berichte vergessen oder durcheinandergebracht. Er liebte nicht die Gespräche mit Schurotschka, sondern Schurotschka selber. Schurotschka aber bevorzugte gerade die Gespräche mit dem klugen, feinfühligen Mann, eigentlich liebte sie Panajew eben dafür. Obwohl es ihr natürlich auch gefiel, daß er sich geschmackvoll zu kleiden wußte.

Schurotschka erinnerte ihn noch einmal daran, daß ihr Kurenkow ein ruhiger, friedfertiger Mensch sei, bloß manchmal (einmal im Jahr oder alle zwei Jahre) packe ihn so was wie Eifersucht, sammle sich mehr und mehr Groll in ihm an auf einen Menschen, der sich zu sehr hervortue. Sobald sich einer über die anderen erhebe, könne er ihn nicht ausstehen. Wenn sich Wassili Tjurin beispielsweise durch sein ungeniertes Gerede, seine Unbekümmertheit und Geldprotzerei hervortat, so träfe das noch deutlicher auf Syropewzew zu, einen Ingenieur, der in ihrem Kreis aufgetaucht sei – er sähe nämlich gut aus und besäße ebenfalls einen Wagen.

»Den mag er nicht, jenen mag er nicht. Hör mal, nimmt er sich nicht ein bißchen viel raus?«

»Da frag ihn mal selber.«

Der Filmkritiker zündete sich eine Zigarette an und meinte nachdenklich: »Ich glaube, er ist einfach ein Neidhammel.«

»O nein!«

»Er kann's bloß gut verbergen.«

»Nein, sage ich!« erboste sich Schurotschka. Panajew hatte sich auf der Bettcouch ausgestreckt, ließ die Beine baumeln, rauchte, während Schurotschka halb lag, halb saß. Wütend sprang sie auf, fuchtelte mit den Armen, sprach von Kurenkows Gleichgültigkeit gegenüber Geld, Klamotten, Autos, erzählte auch von seinem Brennen in der Brust – Sammelpunkt des sich gegen jemanden aufspeichernden Grolls – und davon, daß er dann immer mehr abmagere und richtig krank sei.

»Dann ist er ein Antileader!« rief Panajew aus.

»Was ist das? Ein Psychopath?«

»So was Ähnliches.« Panajew nickte. Darauf fragte er sie, ob Tolja früher in der Schule immer Streber oder hübsche Jungs, die bei den Mädchen Schlag hatten, verprügelt hätte. Ob er als Kind besonders rauflustig gewesen sei. Es gäbe leider so einen sattsam bekannten (und furchteinflößenden) Menschentyp, der sich schon in frühester Kindheit herausbilde. Schurotschka hätte ihm sofort zugestimmt, doch in Toljas Fall irrte Panajew. Kurenkow und Schurotschka waren auf einem Hof großgeworden. Tolja, so sagte sie, sei ein ruhiger, zurückhaltender Junge gewesen und hätte auf keinen Fall Händel mit Mädchenhelden und Strebern gesucht. Sie wüßte das. Sie hätte schon als Mädchen eine gute Beobachtungsgabe gehabt.

»Trotzdem muß es mit der Kindheit zu tun haben«, beharrte Panajew.

Schurotschka zitterte und war so aufgeregt, daß sie auf der Straße sogar ein paar alte Frauen anrempelte. Wieder zu Hause, eröffnete sie Kurenkow: »Weißt du, was kluge Leute von dir sagen? Daß du ein Antileader bist.«

»Wer sagt das?«

»Der das gesagt hat, muß es wissen.«

Sie wollte ihm mit diesem Fremdwort absichtlich Angst einjagen, damit er sich besser beherrschte.

Vor dem Treffen mit Panajew war Schurotschka auf der Suche nach Eisbeinen gewesen, die sie zu Sülze für Marinka Knjasewas Geburtstag verarbeiten wollte. Sie hatte das Gewünschte unerwartet schnell erstanden, auch Möhren gekauft, somit Zeit gewonnen und war wie auf Flügeln zu Panajew geeilt, dessen sanfte Worte sie mehr beruhigten als Baldriantropfen. Schon in der Tür hatte sie gestöhnt: »Ach, ist mir schwer ums Herz.«

In böser Vorahnung hatte sie ihm ihr Leid geklagt, während Panajew sich zu der Andeutung verstiegen hatte, ihr Tolik sei von Kindheit an verdorben und schlecht.

»Du hast direkt Freude daran, ihn als Psychopathen abzustempeln.«

»Ob ich Freude daran habe oder nicht, ist jetzt völlig egal. Wann ist der Geburtstag?« (Schurotschka befürchtete, daß Kurenkow gerade auf der Geburtstagsfeier wieder mal explodieren würde.)

»Übermorgen.«

Panajew nippte genüßlich an seinem Kognak und meinte lächelnd: »Bist ein Dummchen, Schurotschka. Je schneller er verknackt wird, desto besser, besser auch für dich. Wenn er wirklich so einer ist. Wie lange willst du noch auf einem Vulkan leben?«

Da ging Schurotschka hoch wie eine Rakete. »›Verknackt‹ sagst du? Du hast es ja sehr eilig! Vergiß bitte nicht, daß ich ihn liebe, daß er mein Mann ist! Familie bleibt Familie! Wir haben noch eine Tochter großzuziehen.«

Beschwichtigend fragte er: »In welche Klasse geht sie denn?« Er war sehr vergeßlich, sie hatte es ihm oft genug erzählt.

»In welche Klasse! In die sechste natürlich!«

Panajew seufzte mitfühlend, dann schaltete er das Tonbandgerät ein, um sich bei Musik ein wenig zu entspannen. Auf dem Band war zufällig ein Lied, das Tolja immer so gerne zusammen mit Alik Simin sang. Schurotschka traten Tränen in die Augen. Sie setzte sich auf und vergrub schluchzend das Gesicht in den Händen. Panajew nahm an, das Lied habe sie gerührt, lobte sie, wie gut sie doch Musik empfinde und wie sensibel und fraulich sie sei. Seine Worte bewegten sie noch mehr, die Tränen rannen nur so, dabei mußte sie doch gehen, sie hatte sich ohnehin zu lange bei ihm aufgehalten. Schnell zog sie sich an, während er sie ungeschickt küßte. Eigentlich war auch er sehr gerührt. Als Schurotschka unten auf der Straße stand, fielen ihr die Eisbeine ein, die sie bei ihm im Kühlschrank vergessen hatte. Sie kehrte um, stand keuchend in der Tür.

Als Panajew sie erneut sah, kam ihm plötzlich die Idee, sie solle ganz offen mit Tolja sprechen; Kurenkow fehle möglicherweise Anteilnahme, solle er sich ihr anvertrauen.

»Wie?« Schurotschka begriff nicht sofort. Noch ganz außer Atem, verstaute sie gerade das Fleischpaket in ihrer Tasche.

Das offene Gespräch mußte verschoben werden, weil Alik Simin mit seiner Frau kam. Anja Simina duftete nach teurem Parfüm. Sie saßen gemütlich zu viert in der Dämmerung beim Wodka. Zwei Familien – wie schön das immer ist! Zuerst spielte Alik auf seinem Saxophon, dann auf der Gitarre – Kurenkow hörte ihm gerne zu. Auch Schurotschka mochte diese Stunden sehr, saß, den Arm um Anjas Schultern gelegt, auf der Couch, die Männer, leicht angeheitert, ihnen gegenüber. Das aufziehende Unheil war vergessen. Schurotschka fühlte sich wohl. Morgen würde der Himmel wolkenlos und strahlend blau sein.

Nachdem sie die späten Gäste hinunterbegleitet hatten, legte sich Schurotschka in bester Stimmung zu Bett und schmiegte sich an ihren Mann. »Tolja«, sagte sie, »Tolja ...« Er aber drehte sich mit dem Gesicht zur Wand. Das hatte es noch nie gegeben. »Aha, so ist das«, schrie Schurotschka (flüsternd). »Hast anderweitig Trost gefunden und guckst deine eigene Frau nicht mehr an, was?« Wütend schubste sie ihn aus dem Bett. Er ging in die Küche, rauchte eine Zigarette nach der anderen. Schurotschka folgte ihm und verlangte, er solle Farbe bekennen. Sie stupste ihn in den Rücken. Er rauchte schweigend, und da begann Schurotschka, eine Teetasse nach der anderen zu Boden zu feuern, bis die Tochter, die noch spätabends eine Fabel auswendig lernte, aus ihrem Zimmer gerannt kam und schrie: »Mama, Mama ...!« – »Geh schlafen!« Die Tochter verschwand quengelnd. Langsam beruhigte sich Schurotschka, fegte, heimlich seufzend, das zerschlagene Geschirr zusammen. Zum Glück war die Tochter bald eingeschlafen. Sie legten sich wieder hin und kehrten einander den Rükken zu.

Eine Weile lagen sie stumm, dann drehte sich Schurotschka plötzlich um und flüsterte ihm zu: »Wehe, du krümmst Syropewzew auch nur ein Haar! Ich will nicht mit einem Knastbruder verheiratet sein.« Kurenkow zuckte zusammen, weil Schurotschka seine Gedanken gelesen zu haben schien. Er rollte sich wie ein Igel ein und begann am ganzen Körper zu zittern. Dann wälzte er sich zu Schurotschka herum, wurde mit einemmal gesprächig, streichelte sie, doch nun wollte sie nicht mehr: Hat sich was! Ist Zeit zum Schlafen! Aber da fiel ihr Panajews Rat ein, sie gab nach und flüsterte zärtlich: »Tolja, sag mir doch, was du vorhast! Sag's mir! Vertrau dich an!«

Sie küßte ihn auf den Hals, liebkoste ihn, und er eröffnete sich ihr, ja, es brenne wieder so in der Brust, er habe Angst, daß es wieder mit ihm durchgehe, besonders wenn sie auf der Geburtstagsfeier wären. »Ach, Tolja«, wisperte Schurotschka, verblüfft darüber, wie richtig ihre Vorahnung gewesen war und wie teuer der Ratschlag eines geliebten Menschen ist. Panajew war ein kluger Mann! Aber wie verschlossen doch ihr Tolja war! Dabei hatte sie ihn angefleht, Händel zu vermeiden!

»Ich wollte morgen schon schwitzen und ... daß du mir den Rücken schrubbst.«

»Tolja!«

»Nein, nein, ich rühr ihn nicht an! Ich versprech's dir. Darum erzähl ich's dir ja auch. Damit du Bescheid weißt ...«

Sie freuten sich beide: sie über sein Vertrauen zu ihr, er über ihre Verständnisbereitschaft. Sie flüsterten einander Koseworte zu, führten ein langes, verworrenes Gespräch, bekamen plötzlich Hunger, sprangen halbnackt aus dem Bett, gingen zu dieser späten Stunde in die Küche, stellten den Teekessel auf, schnitten Wurst und sprachen: »Ich geh nicht zum Geburtstag.« – »Spiel krank!« – »Ja, so machen wir's.« – »Tolja, ich hab dich so lieb, wenn du gut bist. Ich hab dich so lieb«, schluchzte Schurotschka, der eine riesengroße Last vom Herzen genommen war, überglücklich, und er, ebenso glücklich, antwortete: »Und ich? Ich hab dich auch lieb.«

Marinka Knjasewa war es gelungen, ihre Tochter bei der Oma unterzubringen, so konnten sie richtig schön feiern, und sei's bis spät in die Nacht. Das teilte Marinka am Telefon mit. Schurotschka, die Eisbeine besorgt hatte, solle Sülze kochen, während sie, Marinka, ihre kohlgefüllten Piroggen zubereiten würde, die prima werden würden, wenn sie sich Mühe gab. Den Tisch decken würde Alik Simins Frau helfen, und für die Getränke sollten die Männer sorgen. Bei ihnen im Geschäft gab's vielleicht keinen Wodka, so sollte Syropewzew, der ja einen Wagen hatte, mit Olja Slotowa ins Zentrum fahren und genügend einkaufen, in die Kosten würden sie sich dann teilen. Schurotschka war ganz bei der Sache, gab Ratschläge, aber ihr Herz krampfte sich schmerzhaft zusammen.

Tolja stellte sich seit dem Morgen krank und ließ sich weder durch Bitten der Freunde noch durch Marinkas Gekränktsein umstimmen. Er hielt sich gut, aber der Tag war noch lang. Schurotschka Kurenkowa lenkte sich durch Sülzekochen ab, nahm zwischendurch Baldriantropfen und hatte bis Mittag ein ganzes Fläschchen davon geleert. Trotzdem war sie gegen Abend fieberhaft erregt. Alik Simin erschien, um beide zum Kommen zu überreden, aber Tolja blieb fest. Hinzu kam, daß Tolja sich tatsächlich elend fühlte. Sein Gesicht war noch dunkler geworden, ihn fröstelte, und die Temperatur stieg auf achtunddreißig, als hätte sie sich mit ihm verschworen.

Er freute sich darüber, sprach sein übliches: »Keine Bange, Kurenkowa!«, zog sich aus und legte sich ins Bett, obwohl es noch früh am Abend war.

Er ließ die Tochter essen, nahm aber selbst nichts zu sich, sah sich ein Fußballspiel im Fernsehen an, doch nicht einmal bis zu Ende, weil ihn so sehr fröstelte. Bei Marinka ging es indessen hoch her. Olja Slotowa und Syropewzew waren da, Alik Simin mit Saxophon und Gitarre, Gena Skobelew, der stets mit seiner leicht schielenden Frau kam. Schurotschka brachte die Sülze, blieb ungefähr eine Stunde, trank ein paar Gläschen und verschwand wieder. Doch nein, zunächst riefen alle Tolja an, sie tränken auf sein Wohl, er solle so schnell wie möglich gesund werden. Sie hörten seine Stimme, dann war es still im Hörer. Schurotschka raste nach Hause, sie wohnten ja alle nah beisammen – eine alte, festgefügte Moskauer Gemeinschaft. Als Schurotschka eintraf, redete Kurenkow wirr durcheinander, faselte von früheren Seitensprüngen, von irgendwelchen Frauen. Er glühte.

In der Nacht kam die Krise, die Temperatur sank, und am nächsten Morgen lag Kurenkow erschöpft, aber lächelnd in den Kissen. Schurotschka blieb zu Hause, saß an seinem Bett, gab Tolja Tee zu trinken und erzählte, wie sie gestern bei Marinka auf seine Gesundheit angestoßen hätten. Er wollte wissen, wie es gewesen und wer alles dagewesen sei. Schurotschka berichtete ausführlich, mit sichtlichem Vergnügen.

»Tja«, meinte er seufzend, »hab ich eben Pech gehabt.«

Du vielleicht, dachte Schurotschka. Aber für mich war's ein Glück und für Syropewzew auch und für Olja Slotowa und alle anderen.

Und dann passierte doch etwas, und zum erstenmal dachte Schurotschka daran, daß man wohl tatsächlich seinem Schicksal nicht entfliehen kann. (Für Schurotschka kam alles zu plötzlich.) Die in Kurenkow gespeicherte und gleichsam nicht verausgabte Haßladung mußte explodieren: Eine Woche später zettelte er, noch schwach auf den Beinen, eine Schlägerei im Bus an, die zu einer regelrechten Straßenschlacht ausartete. Kurenkow kannte niemanden im Bus, und warum er diese Schlägerei inszeniert hatte, wußte keiner. Als man ihn niederstreckte, fiel er auf den Asphalt und erwehrte sich der Fußtritte mit einem harten Gegenstand, den er durch Zufall in die Hand bekam.

Später stellte sich heraus, daß es ein Bein eines kleinen, eleganten Teetischchens war, das jemand im Gedränge fallen lassen oder verloren hatte. Im Gerichtssaal sah das Tischbein, als es hochgehoben wurde, wie eine Streitkeule aus. Die Verhandlung war kurz und gerecht. Genau wie die anderen, die in die Schlägerei verwickelt waren, erhielt Kurenkow zwei Jahre Arbeitslager, eins davon unter gemilderten Bedingungen.

Vor Gericht machte er einen ganz verlorenen Eindruck. Er hatte sich noch nie im Bus geprügelt und begriff nicht, wie es dazu hatte kommen können. Der Saal war fast leer, nur die Freunde waren anwesend. Als das Urteil verkündet wurde, hätte Schurotschka am liebsten laut losgeheult. Mit verquollenem, unschönem Gesicht stammelte sie nur, als man ihnen erlaubte, miteinander zu sprechen: »Tolja, wie konntest du nur! Tolja.«

Kurz geschoren, hilflos, zuckte er die Achseln, starrte Schurotschka an, er wisse auch nicht, wie alles gekommen sei. Als sie von der Tochter redeten, schluchzte er kurz auf.

Panajew tröstete Schurotschka, war sehr lieb zu ihr und meinte, daß das alles nur zu ihrem Besten wäre, wie bitter es auch im Moment sei. Ihr Kurenkow wäre sowieso früher oder später im Kittchen gelandet, also könne Schurotschka sicher sein, daß es schlimmer für ihn gewesen wäre, wenn die Straßenschlacht blutiger ausgegangen wäre. Nun könne sich Kurenkow, solange es nicht zu spät sei, im Knast fangen und zur Vernunft kommen. Er war nicht dumm, und Stoff zum Nachdenken hatte er genug. Sie müßte über diesen Ausgang noch froh sein. Er hätte ja eine interessante, markante Persönlichkeit zum Krüppel machen können, gerade solche Leute mochte er ja nicht, gegen sie nährte er Haß, war das etwa besser? »Du meinst also, es geschieht ihm ganz recht?« wollte Schurotschka wissen. »Das hab ich nicht gesagt.« – »Geschieht ihm ganz recht, meinst du ...«, wiederholte Schurotschka bitter und wehmütig. Sie konnte sich nicht damit abfinden, daß der beste Platz für ihren Tolja das Gefängnis sei.

Sie unterdrückte die Tränen und schrieb ihm einen Brief nach Ostsibirien, der voller zärtlicher Worte, alter und neuerdachter, war. Der Brief schloß mit dem innigen Wunsch, Tolja möge gesund und munter wiederkehren. Das bedeutete, er solle sich *dort* nun wirklich im Zaum halten. »Paß mir auf, Kurenkow!«

Er antwortete, es falle ihm natürlich nicht leicht, sich einzugewöhnen, aber es gäbe hier wie überall Menschen, und es würde schon werden. Sie solle sich keine Sorgen machen und ruhig schlafen, denn in *dieser* Beziehung sei alles in Ordnung. Auch er schloß mit seiner üblichen Erwiderung: »Keine Bange, Kurenkowa.«

Besuch durfte er noch nicht erhalten, so schrieb Schurotschka ihm fleißig und schickte Pakete. Selbstverständlich richtete sie jedesmal Grüße von den Freunden aus. Als Viktor Viktorowitsch Tukowski Toljas Absender sah, tröstete er Schurotschka, sie solle unbesorgt sein, so sei nun mal das Reglement, besuchen dürfe sie ihn erst im darauffolgenden Jahr.

Als Tolja und sie, von Kindheit an befreundet, geheiratet hatten, war alles so einfach, so klar gewesen, als sei nichts Besonderes geschehen. Sie hatten nicht einmal Hochzeit gefeiert. Nach der standesamtlichen Trauung tranken sie erst bei Simins, dann bei Gena Skobelew, gingen anschließend ins Kino und sahen sich einen umwerfenden französischen Lustspielfilm an, Schurotschka lachte viel und war glücklich. Sie ging schon damals zu gerne ins Kino. Auf dem Heimweg verabschiedete sich Schurotschka an der gewohnten Straßenecke von Kurenkow: »Na, dann mach's gut!«

»Ich glaub, du hast was vergessen«, meinte er lächelnd.

»Oh!« besann sie sich.

Sie brachen in lautes Gelächter aus.

4

Sein zweites Jahr verbrachte Kurenkow bereits so gut wie in Freiheit – etwa dreihundert Kilometer von der Arbeits- und Besserungskolonie entfernt in einem kleinen sibirischen Städtchen. Auch dort war er arbeitsam und fleißig. Auch dort war er friedlich. Er war in seinem Beruf als Klempner tätig, ohne Bewachung, durfte nur nicht das Städtchen verlassen und mußte sich einmal in der Woche bei der Miliz melden.

Ein Wiedersehen war möglich, die Besuchserlaubnis würde Schurotschka bestimmt bekommen. Alik Simin fragte ungeduldig: »Warum fährst du nicht, Schura?«

Die Freunde hatten ein großartiges Paket für Tolja gepackt. Gena Skobelew, Marinka Knjasewa, alle sagten: Fahr zu ihm, grüß ihn von uns, Schurotschka aber zögerte immer noch. Tukowski, der sich in Tolja besser auskannte, hatte ihr nämlich geraten, die Besuchserlaubnis erst dann zu beantragen, wenn es notwendig sei.

»Und wann ist das?« fragte Schurotschka.

»Das wirst du selber spüren«, erwiderte der erfahrene Nachbar. Das gleiche hatte ihr auch Panajew empfohlen. Er meinte, das Treffen sei nicht dazu da, um einander zu sehen, sondern um zu helfen. Die beiden Männer schienen sich verschworen zu haben, obwohl sie einander gar nicht kannten.

Und wirklich: Eines Tages kam ein kurzer, trockener Brief von Kurenkow, und Schurotschka spürte, wie sich ihr Herz auf bekannte Weise zusammenkrampfte.

Sie bat sofort um Urlaub, ließ die Tochter in Olja Slotowas Obhut zurück und begab sich auf die lange Reise. Ihr Herz hatte sie nicht betrogen. Tolja war sichtlich abgemagert, sein Gesicht dunkel. Beim Wiedersehen pochte Schurotschka das Blut in den Schläfen, sie weinte.

Tolja war in einer Baracke untergebracht. Für die drei Tage, die Schurotschka bleiben durfte, hatte die Leitung Teterin, den Zimmergefährten, umquartiert, damit es die Kurenkows angenehmer hatten. Aber Schurotschka fühlte sich nicht wohl. Klar, auch hier waren Menschen wie überall, aber ausgerechnet ihr Tolja war in einer widerlichen Gesellschaft gelandet, in der ein gewisser Bolschakow den Ton angab. Er saß wegen Einbruchsdiebstahl, hatte seine Zeit fast herum und wartete nun ebenfalls auf seine baldige Entlassung. Bolschakow war ein riesiger Kerl mit behaarten Pranken und zottiger Brust, der Schurotschka bereits auf dem Flur der Baracke begegnete und ihr gegenüber sofort ein paar anzügliche Bemerkungen fallenließ. Schurotschka nannte ihn einen Flegel und holte sogar aus.

Einbrecher mittleren Formats, wollte Bolschakow sich vor seiner Entlassung als echter Ganove zeigen und tyrannisierte und schikanierte seine Umgebung, wo er nur konnte. Er verstand es, Angst einzuflößen. Fast genüßlich drosch er auf diejenigen ein, die ihre Schulden nicht beglichen hatten oder mit der Zahlung in Verzug geraten waren, verprügelte Bettler, die in die Baracke kamen und um zwanzig Kopeken für ein Bier baten, kurz, er tobte sich in seinen letzten Tagen vor der Entlassung noch einmal so richtig aus. Wenn er frei war, wollte Bolschakow (er sprach gerne davon) ein ganz ehrenwerter, ordentlicher Bürger sein, mehr noch, er wollte die Vergangenheit für immer vergessen. Er hatte eine gute Frau, kluge Kinder. In dem kleinen Restaurant Wostok, dem einzigen am Ort, spielte Bolschakow den großen Herrn: Er lebte mit Larissa, der dienstältesten Serviererin, zusammen.

Das Restaurant erwies sich als heruntergekommene Kaschemme, die Band spielte miserabel, und Schurotschka meinte beim Betreten stirnrunzelnd, Tanzen käme für sie nicht in Frage, sie könne nicht tanzen. Alle anderen aber waren in aufgekratzt-fröhlicher Stimmung. Die Freiheit, die Rückkehr zu den Angehörigen erwarteten sie, und das war an diesem miesen Ort zu abendlicher Stunde besonders deutlich spürbar. Sie aßen gut und viel, sogar Kurenkow aß wie nie zu Hause. Lässig in seinen Stuhl gefläzt, genoß Bolschakow das Ganze, blickte selbstzufrieden über Teller und Flaschen hinweg und befahl seinem »Stift« Rafik: »Tanz mit Nadja, Rafik. Eine Serviererin ist auch nur ein Mensch, sie möchte auch mal tanzen.«

Dann wandte er sich an Kurenkow: »Und du forderst meine auf, Tolja. Sie tanzt gerne. Ich bin heute zu faul dazu.«

Rafik ging, und Kurenkow tanzte mit Larissa, Bolschakows Freundin. Höchst ungern, wie Schurotschka feststellte: Sie kannte ihren Tolja zu gut. Neben Schurotschka saß Teterin, ein kräftig gebauter Mann mit

Halbglatze und hoher Stirn, aber auch er scharwenzelte um Bolschakow wie ein junger Spund oder Schlaucher. Schurotschka durchschaute alle. Kurenkow kam vom Tanzen zurück, obwohl die Band ohne Pause spielte. Wahrscheinlich, um zu verhindern, daß Bolschakow ihn noch einmal losschickte, verkündete er: »So, mehr tanz ich nicht. Warum spielst du eigentlich den Zuhälter, Wjatscheslaw Petrowitsch?«

Bolschakow blickte ihn träge und mißbilligend an, ließ ein ironisches »Hm!« vernehmen. Kurenkow, dessen Gesicht sich plötzlich noch mehr verdunkelt hatte, wollte schon den Mund öffnen, um eine bissige Bemerkung fallenzulassen, aber Schurotschka war auf der Hut, sie stieß ihn mit dem Fuß an und warf ihm einen warnenden Blick zu, so daß ihr Tolja stumm blieb. Na, Gott sei Dank! Stumm trank er sein Glas aus, friedlich saß er da, trotzdem bemerkte Schurotschka, wie er etwas später die Hand auf den Magen preßte, um das Brennen zu lindern.

Sobald sie in die Baracke zurückgekehrt und im Zimmer allein waren, bat Schurotschka Kurenkow: »Halt noch ein bißchen aus! Wenn du wieder zu Hause bist, ist das was anderes, dann laß es brennen, wenn's schon ohnedas nicht geht. Aber hier sei friedlich! Bolschakow ist dir kein Syropewzew oder dergleichen.« Schurotschka fragte nicht mehr wie und was – sie wußte Bescheid. Dann lagen sie auf der harten, staatseigenen Pritsche, in die Stille hinein mahnte Schurotschka ihren Mann, ohne Worte und Zeit zu sparen, und schloß: »Paß mir auf, du! Ich kenne deine heimtückische Natur, Tolja!« Sie hob den Kopf und drohte mit ihrer kräftigen Faust.

Als Bolschakow, der auch am nächsten Tag herumsoff und den großen Mann markierte, Kurenkow zu sich ins Zimmer rief, um eine Flasche Wein mitzutrinken, bestand Schurotschka darauf, hinzugehen und gute Miene zum bösen Spiel zu machen, es seien ja nur fünf Schritte über den Flur. »Reiz ihn ja nicht«, warnte sie. »Trinkst ein Glas mit und verschwindest wieder.« Schurotschka schminkte sich und ging mit. Sie war ja nicht hergekommen, um ihn allein irgendwohin zu schicken. Bolschakow war bereits ziemlich angeschlagen, protzte herum, zwang Rafik, eine Lesginka zu tanzen, obwohl der noch nie in seinem Leben eine getanzt hatte. In ihren Ort gelangten sonst kaum Wein und Wodka. Bei Bolschakow fand sich beides. Schurotschka ließ kein Auge von Kurenkow, warnte ihn mit Blicken: Willst du lebendig nach Hause zurückkehren, halte aus, du bist kein kleiner Junge, hättest ja nicht hier zu landen brauchen! So saßen sie tatsächlich friedlich beisammen, tranken und sangen sogar.

Sie wollten schon auseinandergehen, als Rafik, erregt und verschwitzt von der letzten Lesginka, klagte, das Leben hier sei so belemmert und von der Miliz so eingeschränkt, obendrein spanne ihm der Friseur auch noch die Liebste aus. Es ging um Nadja, die Serviererin. Die Klage wurde akzeptiert. Satt und zufrieden, beschloß Bolschakow, Ordnung zu schaffen und dem hiesigen Figaro, der in der Nähe wohnte, die Leviten zu lesen. Er stand auf, die anderen erhoben sich ebenfalls.

Schurotschka wäre in der Baracke geblieben und hätte auch Kurenkow nicht fortgelassen – sie hatten zwei Stunden beim Wein gesessen, das reichte –, wenn nicht Bolschakow alle ganz ruhig, fast intelligent aufgefordert hätte: »Na, Freunde, dann wollen wir mal fünf Minuten Luft schnappen und dabei ein Schwätzchen mit dem Figaro machen.«

Sie schlenderten gemächlich zu einem hübschen, wohlausgestatteten kleinen Haus, es atmete sich gut an der herb-süßen Kiefernluft. Kaum hatten sie das Haus betreten und gegrüßt, schlug Bolschakow auch schon auf den Friseur ein. Starr vor Entsetzen, klammerte sich Schurotschka an Kurenkows Schulter. Alle standen in der Tür und schauten stumm zu, wie Bolschakow mit Rafiks Rivalen abrechnete. Bolschakow hatte sie extra mitgenommen, weil er gerne vor Publikum seine Stärke demonstrierte.

Die Frau des Friseurs rannte ins Nebenzimmer, um nichts mit ansehen zu müssen. Die Hände vorm Gesicht, stöhnte sie bei jedem Hieb auf. Als der Friseur unter den Gummibaum kroch, zog ihn Bolschakow hervor und versetzte ihm so einen Schlag, daß er nicht mehr in diese Richtung kroch. Fußtritte verteilte Bolschakow nicht. Wahrscheinlich wußte er, daß man damit jemanden umbringen kann. Er boxte auch nur mit halber Kraft. »Reicht doch, Wjatscheslaw Petrowitsch«, flehte sogar Rafik. Sein schöner Konkurrent lag arg zugerichtet am Boden. »Reicht doch, Wjatscheslaw Petrowitsch ...« – »Warte, ich will ihn noch ein bißchen pieken«, sagte Bolschakow, zog behende ein Messer aus der Tasche und stach es dem Mann, der auf dem Bauch lag, die Arme schützend um den Kopf geschlungen, leicht ins Gesäß. Der Friseur winselte auf, wandte sich aber nicht um und ließ auch die Arme am Kopf, so wie man eine verwundbare Stelle schützt. Bolschakow stieß noch einmal zu. Wieder winselte der Friseur in der gleichen Pose auf. Er wartete darauf, daß die Leute, nachdem sie sich genügend gerächt und ihn erniedrigt hatten, gehen würden.

Sie gingen.

In die Baracke zurückgekehrt, versammelten sich alle wieder bei Bolschakow, wie um den Abend fortzusetzen. Schurotschka war noch ganz benommen. Mechanisch war sie mitgegangen, mechanisch setzte sie sich mit an den Tisch. Sie tranken. Gerührt zeigte Bolschakow Fotos herum, die er von zu Hause bekommen hatte. Sie hielten die Hochzeit seines jüngsten Sohnes fest. Ein schmucker junger Mann, der Bolschakow ähnlich sah, neigte sich zu seiner jungen Frau und streifte ihr den Ehering auf den Finger. Auf einem Foto wurde mit Sekt angestoßen. Ein anderes Foto zeigte alle Angehörigen. Auf einem vierten Foto hatte das frischverheiratete Paar gerade das Standesamt verlassen und stieg in ein mit Bändern geschmücktes Auto. Dieses Foto gefiel Kurenkow: Ein Stück Moskauer Straße war zu erkennen, scheinbar ganz bekannte Häuser und in der Ferne ein Bierkiosk. Sie lobten den Jungen, sie lobten die Braut, äußerten sich sogar anerkennend über die Verwandtschaft, und da platzte Kurenkow, den plötzlich heftiges Heimweh packte, heraus: »So, es reicht! Hört endlich auf, ihm den Arsch zu lecken!«

»Wem denn?« fragte Rafik.

»Wem, wem ... dem Affen da!« Kurenkow sprach leise, aber deutlich, so daß es auch Bolschakow hören konnte. Wütend über sich selbst oder über das ganze Menschengeschlecht, sprang Kurenkow auf und knallte die Tür hinter sich zu. Schurotschka rannte ihm nach. Sie holte ihn auf dem Flur ein, wo er gerade ihre Zimmertür öffnete.

Schurotschka zitterte vor Aufregung und schlief die ganze Nacht nicht. Am nächsten Tag sollte sie wieder abfahren. Sie küßte Tolik mit bebenden Lippen und drohte und jammerte abwechselnd.

»Tolja, beherrsch dich! Um deiner Tochter willen, hörst du, Tolja?«

Er versprach es, beruhigte Schurotschka. Sie redete flüsternd auf ihn ein. Unerwartet rief sie in die Stille der Baracke hinein: »Paß mir auf, du!«

Am Morgen vor der Abreise ging Schurotschka zur Leitung und bat, Kurenkow in eine andere Baracke oder gar an einen anderen Ort zu versetzen, und sei er auch noch so abgeschieden. Schurotschka war klug genug, niemanden anzuschwärzen; sie erklärte nur, ihr Kurenkow halte es nicht lange an ein und demselben Ort aus, werde nervös, und könne dann ausfällig werden. Die Leute wunderten sich: Was haben Sie nur, er ist doch ganz friedlich, besser kann man sich's gar nicht wünschen. Aber Schurotschka blieb hartnäckig. Sie kannte nicht die Vorschriften, doch sie wußte, daß sie adrett aussah, großstädtisch gekleidet war und den Männern gefiel. Sie lächelte, quetschte ein paar Tränen heraus, kurz, man versprach, ihr zu helfen.

Als sie beflügelt in die Baracke zurückkehrte, um mit Kurenkow zu reden und ihm letzte Anweisungen zu erteilen, hatte dort bereits eine Schlägerei stattgefunden, die ebenso schnell beendet wie aufgeflammt war und bei der ihr Tolja und Bolschakow einander Messerstiche versetzt hatten. Sie waren im Barackenflur aufeinander zugegangen und hatten fast gleichzeitig zugestochen, Tolja etwas früher. Man zerrte sie auseinander. Kurenkow war besser davongekommen: Der Stich war in die Schulter gegangen, er konnte den Arm mehr oder weniger frei bewegen. Bolschakow hatte einen, wenn auch nicht tiefen Stich in den Bauch erhalten. Man hatte nicht viel Mühe, sie zu trennen: Sie wollten selber Lärm und Aufsehen vermeiden.

»Wie konntest du nur, Tolja! Wie konntest du nur«, zeterte Schurotschka, während er still und reumütig auf dem Bett saß. Nach dem Ausbruch war er sofort erschlafft. Physisch und moralisch. Ja, es sei nun mal passiert, murmelte er zerknirscht und fügte hinzu, es wäre schlimmer gewesen, hätte er nicht als erster zugestoßen.

»Aber du hattest mir doch versprochen, Tolja ...«, jammerte Schurotschka.

Die Sache mußte vertuscht werden. Kurenkow ging zur Arbeit, Bolschakow blieb in seinem Zimmer, Teterin, ein ehemaliger Feldscher, wusch ihm die Wunde aus, verband sie und spritzte drei, vier Tage lang Antibiotika. Schurotschka war in heller Aufregung: Sie mußte abreisen, ohne zu wissen, wie alles ausging. Aber länger bleiben durfte sie nicht, man hatte ihr bereits den Abfahrtsschein ausgehändigt.

Nachdem Bolschakow, angeblich erkältet, drei Tage das Bett gehütet hatte, war er wie ausgewechselt. Kleinlaut ließ er Kurenkow ausrichten, er habe nichts gegen ihn, hätte nie etwas gegen ihn gehabt, das wisse Tolja doch. Kurenkow schraubte gerade einen Messinghahn ein, hantierte mit dem Schlüssel, als man ihm Bolschakows Worte überbrachte. Er spuckte aus und knurrte, Bolschakow brauche keine Bange zu haben, er würde ihn nicht mehr anrühren, der Stinklappen habe ihm gerade noch gefehlt! Auch im weiteren verlief alles gut. Alle verhielten sich ruhig, alle wollten nach Hause. Für die Messerstecherei, klarer Fall, hätten sie alle durch die Bank noch zusätzlich was aufgebrummt bekommen. Zum Melden ins Milizrevier ging der fiebernde Bolschakow allein, ohne Begleitung, womit er eine tüchtige Portion Willenskraft bewies.

Irgend etwas mußte doch über die Schlägerei durchgesickert sein, vielleicht wirkte auch Schurotschkas Bitte, jedenfalls wurde Kurenkow tatsächlich bald darauf verlegt. Er landete in einem völlig armseligen sibirischen Ort. Die Verlegung erfolgte ohne Rüge. Vielleicht war es einfach ein Zufall: Aus dem kleinen Nest waren mehrere qualifizierte Klempner angefordert worden. Nachdem sich Kurenkow von Bolschakow und seiner Truppe verabschiedet hatte, schrieb er Schurotschka aus dem neuen Ort einen Brief, in dem es hieß, hier sei es wesentlich besser, der Ort gefalle ihm, die Baracke sei die gleiche, die Arbeit auch, aber die Gegend sei sehr schön und ganz ruhig. Ein Foto lag bei. Tolja hatte zugenommen, was für Schurotschka das beste Zeichen war.

Trotzdem schrieb sie ihm: »Paß mir auf, Kurenkow!«

Schurotschka berichtete auch, daß Galja, ihre Tochter, groß geworden sei, daß ihr zum Abschluß der achten Klasse die erste wichtige Entscheidung bevorstehe – ob sie entweder bis zur 10. Klasse weitergehen oder die Abendfachschule besuchen solle. Und wenn schon arbeiten, dann vielleicht in der Fernsehreparaturwerkstatt, in der Schurotschka tätig war. Die Arbeit sei nicht schlecht, sei sauber und ordentlich. Es wurde ein langer Brief. Schurotschka schrieb von den Freunden, die grüßen ließen und auf seine baldige Rückkehr warteten. Sie schrieb natürlich auch von Alik Simin, der einen zweiten Sohn bekommen hatte. Sie schrieb von Gena Skobelew und sogar von Marinka Knjasewa, die sich einen neuen zahlungskräftigen Hausfreund zugelegt hatte.

Nur eins erwähnte Schurotschka nicht – daß sie unansehnlich geworden war. Mollig, gepflegt und adrett, war Schurotschka nie eine Schönheit gewesen. Sie war eine der anmutigen Frauen, die mit vierunddreißig, fünfunddreißig plötzlich altern, mitunter aus unerklärlichem Grund. Wahrscheinlich wirkten sich bei ihr mit einemmal die ständigen Sorgen aus. Sie verlor ihr leicht kokettes Wesen, wurde dick und geradezu häßlich. Ich bin ein altes Weib, sagte sie sich, als sie einmal am Flurspiegel vorüberging und einen Blick hineinwarf. Ihre Liebelei mit Panajew war ebenfalls vorbei. Schurotschka weinte jetzt häufig.

Panajew wollte sie immer seltener sehen und berief sich in letzter Zeit ständig auf seine viele Arbeit, obwohl Schurotschka wußte, daß Frau und Kinder wieder mal verreist waren und es keinen günstigeren Zeitpunkt gab, um mit ihm über Toljas letzten Brief zu sprechen.

Schätzte sie an Panajew nicht vor allem seine Klugheit? Schließlich war sie gewohnt, sich mit ihm zu beraten; jemand anderen hatte sie nicht. Nach mehreren hartnäckigen Anrufen war der Filmkritiker bereit, sich mit ihr auf einer Bank im Park zu treffen. Es war Frühling, die Bänke waren noch nicht richtig trocken vom Regen und vom feuchten Wetter, erinnerten noch an Winter und Schnee. Panajew hörte Schurotschka unwillig zu, überflog Toljas Brief ohne Interesse und sagte dann: »Das ist nun mal sein Schicksal! Du nimmst dir das Ganze viel zu sehr zu Herzen. Völlig umsonst quälst du dich so, Schura.«

Zu einer offenen Aussprache kam es nicht, und Schurotschka war richtig krank, weil sie sonst niemanden zum Reden hatte. Die Beziehungen zum Freundeskreis um Alik Simin und Marinka Knjasewa waren zu gewöhnlich und alltäglich; tiefschürfende Gespräche konnte sie mit ihnen nicht führen. Sie verstanden es nicht, sich in die Psyche eines einzelnen oder in dessen Verhalten einzufühlen. Sie hätten sie zu sich geholt, hätten gesagt: Pfeif drauf! und eine Flasche Wodka auf den Tisch gestellt. Bestenfalls wäre Marinka mit Schurotschka ins Kino gegangen. Das konnte Schurotschka auch alleine. Das war's nicht, was sie brauchte. Schurotschka hatte viele Verehrer, und man warb um ihre Freundschaft, aber sie liebte nun mal den, den sie liebte. Sie war an seinen graumelierten Schnauzer, an seine Stimme gewöhnt, aber mit Panajew war Schluß, und Schurotschka überlegte schon resigniert, ob sie sich nicht mit dem Journalisten Terechow einlassen sollte, der auch intelligent und klug zu sein schien. In letzter Zeit hatte Terechow, der häufig seinen Fernseher »Elektronika« zur Reparatur brachte, Schurotschka jedesmal gewinnend zugelächelt, und seine Blicke sprachen eine beredte, ihr nur allzu bekannte Sprache. Aber es gab nicht nur ihn – die Arbeit in der Reparaturannahmestelle ermöglichte es ihr, nicht nur mit intelligenten Leuten zu verkehren, sondern auch unter ihnen auszuwählen. Aber würde es mit Terechow so werden wie mit Panajew? Schurotschka verwirrte der Wechsel selbst. So ein Seitensprung ist keine einfache Sache. Noch mehr machte ihr die Veränderung an sich selbst zu schaffen. Nachdem sie ihr attraktives Äußeres verloren hatte, verlor sie auch die gewohnte Sicherheit. Der kluge Terechow würde ein- zweimal mit ihr zusammen sein, und damit hätte sich's dann schon.

»Ich geh jetzt. Es ist mir zu warm hier«, sagte Schurotschka gekränkt, nahm Panajew den Brief aus der Hand und erhob sich.

Der Filmkritiker stimmte ihr zu: »Ja, es ist schwül. Wir haben einen heißen Frühling.«

Auf der Geburtstagsfeier von Gena Skobelews Frau brach Schurotschka unvermittelt in Tränen aus. Die Freunde sprangen auf, versuchten, sie zu trösten: Der eine bot Baldriantropfen an, der andere schlug vor, sie solle ein halbes Wasserglas Wodka hinunterkippen. Sie mochten es nicht, wenn einer von ihnen weinte, wollten sogar die Feier abbrechen, doch Schurotschka bestand darauf weiterzufeiern. Das Fest nahm seinen Fortgang, nur tranken sie jetzt auf Tolja, auf seine Rückkehr, auf Schurotschka, als habe nicht Gena Skobelews Frau, sondern Schurotschka Geburtstag. Die Apfelsinen in der Schale verblaßten, und die Lieder, die unter Alik Simins Saxophonbegleitung gesungen wurden, waren traurig, handelten von Sehnsucht und Heimweh, vom Warten auf einen geliebten Menschen und dergleichen mehr.

Vielleicht waren die Tränen auf dem Geburtstag eine Art Vorahnung, denn ungefähr drei Tage darauf traf ein Brief von Tolja ein, der Schurotschka gar nicht gefiel. Er war kurz und trocken. Schurotschka antwortete sofort, fand viele zärtliche Worte und schrieb zum Schluß in großen Buchstaben: »Paß mir auf, Kurenkow!« Es war ein flehentlicher, tränenerstickter Ruf in weite Ferne.

5

Die düsteren Ahnungen quälten Schurotschka auch weiter. Nachts wachte sie vor Herzbeklemmungen auf oder sprang hastig aus dem Bett, ohne zu wissen warum. Sie hatte niemanden, mit dem sie sich hätte aussprechen können. Tagsüber in der Werkstatt kam sie sich grenzenlos verlassen vor. Sie stand hinterm Annahmetisch, die Kunden, die nach der Mittagspause erschienen, waren träge und langweilig, manche sogar streitsüchtig. Auf den drei großen Fernsehbildschirmen (der mittlere in Farbe) wurde eine Delphindressur gezeigt und erklärt, dieser Delphin verstünde bereits Menschen. Der Delphin sprang durch einen Reifen. Da alle drei Fernseher nebeneinander standen, sprangen drei Delphine (in der Mitte ein hellblauer) gleichzeitig durch drei Reifen. So hatte es den Anschein, als verstünden gleich drei Delphine den Menschen.

Schurotschka notierte die vom Meister diktierten Schäden, schrieb einen Auftragsschein nach dem anderen. Fernseher wurden gebracht, Fernseher wurden abgeholt. Übelkeit kroch Schurotschka den Hals hoch, sie konnte nicht mehr. Sie paßte einen günstigen Moment ab, ging, auf der anderen Seite des Tisches wuchs die Unzufriedenheit der Kunden, Rufe wurden laut. Schurotschka blieb ungerührt, suchte den vorgesetzten Meister auf und bat ihn um Urlaub. Weinend erzählte sie ihm von ihrer Vorahnung und flehte ihn an, sie zu ihrem Mann fahren zu lassen.

»Aber du bist doch gerade erst dagewesen. Und dann die Ausgaben! Hin und zurück, diese Entfernung!«

Der Meister nörgelte, aber dann winkte er ab: »Na, fahr schon!«

Abends besuchte Schurotschka Viktor Viktorowitsch Tukowski, den erfahrenen Nachbarn, der zwei Stockwerke tiefer wohnte. Schurotschka hatte einfach in einem schwachen Augenblick geklingelt, aber es wurde so schön, wie sie es am Ende dieses traurigen Tages gar nicht mehr erwartet hatte. Der grauhaarige Tukowski und seine Frau, ebenfalls leicht ergraut, nahmen sie warm und herzlich auf, setzten ihr Tee und Gebäck vor, und Schurotschka entdeckte an ihnen sogar ein gewisses Maß an Kultiviertheit. Sie verbrachte den ganzen Abend bei dem Ehepaar, weinte ab und zu und erzählte voller Eifer von Tolja. Zum erstenmal seit langer Zeit konnte sie sich wieder aussprechen.

Sie vertraue ihrer Vorahnung, bekannte sie. Ihr Herz hätte sie noch nie betrogen. Sie wisse genau, daß es Tolja in diesem Moment schlecht gehe und sie daher zu ihm fahren müsse. Sie habe schon alles in die Wege geleitet.

»Trinken Sie noch eine Tasse Tee, liebe Schura«, bat Tukowskis Frau freundlich.

Tukowski, der Schurotschka schweigend zugehört hatte, meinte stirnrunzelnd: »Wichtig ist nicht, daß er wieder mit jemandem zusammenrasselt, wichtig ist vor allem mit wem!«

»Jaja«, stimmte Schurotschka ihm zu.

»Wichtig ist, daß er nicht an einen echten Ganoven gerät!«

Tukowski erklärte, es sei erstaunlich, wie Tolja mit seinem eigenwilligen Charakter es bisher geschafft habe, inmitten dieses ganzes Diebes- und Gaunerpacks heil und unversehrt zu bleiben. Dort sei es nämlich anders als in der Freiheit, einfacher. Sobald er auf einen echten

Banditen träfe, sei es aus. Er habe bisher Glück gehabt. Dieser Bolschakow und dieser Rafik, von denen sie erzählte, seien ganz gewöhnliches, harmloses kleines Kroppzeug. Tukowski zündete sich eine Zigarette an.

Als seine Frau kurz hinausging, um neuen Tee zu brühen, sagte Tukowski leise und väterlich zu Schurotschka: »Du hast aber auch ein Pech, Schurotschka! Ich fürchte, er kommt nicht lebendig zurück.«

Er sagte das mit einer Bestimmtheit, als könne er hellsehen. Dann fragte er: »Wieviel hat er denn noch?«

»Vier Monate und zehn Tage.«

Er stieß einen leisen Pfiff aus: Oho, so viel noch!

Schurotschka teilte ihrer Tochter mit, sie fahre zum Vater, was sie ihm ausrichten solle. Galja errötete wie vor der vorigen Fahrt, schwieg und verschwand in ihrem Zimmer. Sie war im letzten Jahr groß und schlaksig geworden, verstand schon alles und schämte sich wegen ihres Vaters.

Die Reiseformalitäten waren schnell erledigt. Da Schurotschka ihren Jahresurlaub schon weg hatte, mußte sie zehn Tage unbezahlten Urlaub nehmen. Acht Tage gingen für die Hin- und Rückreise drauf, zwei blieben ihr für dort.

Tukowski hatte sich nicht geirrt: Schurotschka sah ihren Tolja an diesen beiden Tagen zum letztenmal.

Das abgelegene Städtchen war eigentlich nicht mehr als eine Siedlung. Die Baracke war wie üblich unterteilt in kleine Räume, und hinter der Trennwand waren, wie beim letzten Besuch, Lärm und ab und zu Geschimpfe zu hören. Die Betten standen genauso, und sogar die graue Schlafdecke mit den zwei Querstreifen glich aufs Haar den Decken aus der anderen Baracke. Neu war nur, daß Kurenkow allein wohnte, während die anderen zu zweit oder sogar zu dritt hausten. Als Schurotschka auf das zweite Bett zeigte und fragte, wo denn der Zimmergefährte sei, schwieg Kurenkow zunächst, brummte dann etwas Unverständliches und bekannte erst, als Schurotschka nachbohrte: »Na ja, er wollte nicht mit mir zusammen wohnen.«

»Warum nicht?«

»Weiß ich nicht.«

Kurenkow schien bedrückt, sein Gesicht war hager und dunkel, und Schurotschka wußte Bescheid. Sie verlor keine Zeit, sagte Tolja, sie wolle mal in den Laden schauen, und verschwand. Im Ort mußte sie sich durchfragen, wurde die Straße hinaufgeschickt, mußte noch einmal fragen, und dann hatte sie das Gesuchte gefunden. Man bat sie, Platz zu nehmen, bot ihr eine Tasse aromatischen Tee an und erkundigte sich, wie das Wetter in Moskau sei. Alles war sehr angenehm außer einem: Die hiesige Leitung hatte es noch nicht geschafft, sich näher mit Kurenkow zu befassen, und verstand daher Schurotschka überhaupt nicht.

»Er ist doch ein ganz Stiller«, behaupteten sie. »Wirklich! Warum sollen wir ihn verlegen?«

Der zweite Vorgesetzte, der links von ihr saß, war ein sehr aufmerksamer junger Mann. Er bot ihr eine weitere Tasse Tee an und bat sie, sich keine Sorgen zu machen, es bestehe kein Anlaß zur Besorgnis. Lächelnd fügte er hinzu: »Wenn hier nur alle so wären wie Ihrer!« Jaja, dachte Schurotschka, ein ganz Stiller! Wenn nur alle so wären! Ohne auch nur im geringsten beruhigt zu sein, kehrte sie in die Baracke zurück. Beklommen spürte sie, daß sich dort etwas Unheilvolles über Tolja zusammenzog.

Tolja winkte ab, ach, es sei nichts, ja, er hätte sich mit jemandem gestritten, ja, wie gewöhnlich, es sei doch egal, mit wem.

Beim letzten Besuch war der Konflikt auch unmerklich herangereift, aber da waren die Menschen ringsum wenigstens sichtbar und ihr verständlich gewesen. Hier jedoch war er allein, wich man ihm sogar aus. Er war gleichsam durch etwas oder jemanden gezeichnet. Gegen Kurenkow war etwas im Gange, mehr noch, über ihn war bereits entschieden, so daß auch der gestempelt war, der mit ihm sprach oder eine Zigarette mit ihm rauchte. Kurenkow war völlig isoliert. Ging er durch den Flur, mit Schurotschka oder allein, sahen die Entgegenkommenden zu Boden, als existiere Tolja für sie nicht. Schurotschka bemerkte das sehr wohl. Keiner grüßte. Keiner nickte ihm zu.

Sie verbrachten den ganzen Tag zu zweit. Ein paarmal gingen sie spazieren, dann saßen sie wieder im Zimmer.

»Tolja«, begann Schurotschka. »Ich kenn dich doch, erzähl mir, was los ist.«

Sie flehte: »Tolja, es ist doch nicht das erstemal.«

Er wehrte ab, das sei eine lange Geschichte, es habe keinen Sinn, alles zu erzählen. Nach einigem Schweigen wurde Schurotschka plötzlich lebhaft, begann, von den Freunden zu berichten, daß sie sich vor kurzem bei den Skobelews getroffen hätten, sprach von Einkäufen und Ausgaben, berichtete von der Tochter, die schon einen Freund habe, mit dem sie öfter ins Kino gehe, bald sei sie erwachsen, im Handumdrehen wären sie, Schurotschka und Tolja, Großeltern. »Ich bin im letzten Jahr ganz schön alt und häßlich geworden, Tolja, ich geb also durchaus schon 'ne Oma ab.« Dann bat Schurotschka wieder ganz lieb und zärtlich, wie nur Frauen es können: »Tolja, erzähl doch!«

Kurenkow schwieg.

Sie versuchte es mit Tränen, sie versuchte es mit Drohungen, bis Tolja fluchte und sie anschrie: »Laß mich doch in Frieden!«

»Ich fahre morgen«, sagte sie (Mahnung, letztes Druckmittel).

Er antwortete nicht.
»Morgen, Tolja.«
»Komm, wir gehen ins Kino«, schlug er unerwartet vor.
Der Klub befand sich in einer kleinen grauen Baracke. Das Publikum bestand in der Hauptsache aus Halbwüchsigen, die bei Sonnenuntergang Fußball auf dem Vorplatz spielten. Der Filmvorführer steckte den Kopf zum Fenster heraus und schrie: »He, Leute, rein mit euch, ich fang an.« – »Fang doch an!« rief jemand zurück. Mit Ach und Krach waren fünfzehn bis zwanzig Personen zusammengekommen, unter ihnen Kurenkow und Schurotschka, die nun in den Saal schlenderten. Das Kino war miserabel, überhaupt nicht zu vergleichen mit ihrem Stadtbezirkskino in Moskau, nicht einmal mit dem des kleinen sibirischen Städtchens, in dem Kurenkow vorher gesessen hatte. Mein Gott, dachte Schurotschka traurig, wie kann Tolja hier bloß leben!
Sonst ein großer Kinofan, ließ sich Schurotschka hier erst in der Mitte des Films gefangennehmen. Ein Vater fuhr auf einer Jacht, begab sich dann zur Besichtigung auf seine Plantagen und fand dort sein uneheliches Kind wieder. Früher hatte er es nicht gemocht, jetzt gewann er es plötzlich lieb. Schurotschka vergoß sogar ein paar Tränen. Sie starrte wie gebannt auf die Leinwand, und sie wäre noch mehr in Rührung geraten, wenn sie nicht daran gehindert worden wäre. Ein Mädchen, das hinter ihr saß, knabberte Sonnenblumenkerne und schien die Hülsen Schurotschka absichtlich auf den Kragen zu spucken. Der Saal war fast leer. Das Mädchen hätte sich mit ihrem Begleiter durchaus weiter wegsetzen können. »Sie sind doch hier nicht in einer Scheune!« wies Schurotschka sie leise zurecht. Das Mädchen gab eine patzige Antwort. Der Junge lachte. Die Spuckerei hörte auf, doch etwas später, mitten in der lyrischsten Szene, durch

Musik untermalt – das Mädchen schien alles um sich herum vergessen zu haben –, flogen die Hülsen wieder auf Schurotschkas Schultern, Kopf und Kragen. Schurotschka packte die Wut, Kurenkow erst recht. Jäh drehte er sich um, packte den Jungen an der Brust und zischte: »Also, erklär du's endlich deiner Zicke, sonst polier ich dir so die Fresse, daß du ein Jahr lang an mich denkst!« Schurotschka erschrak zutiefst. Sie erkannte Tolja kaum wieder. Er, der sonst so Feinfühlige, war grobschlächtig geworden. Inzwischen hatte die ältliche Platzanweiserin eine Trillerpfeife betätigt. Das Licht ging an. Ein Milizionär trat ein. Das Mädchen und ihr Freund wurden auf die linke, fast leere Saalhälfte plaziert. Das Licht ging wieder aus, und der Vorführer ließ den Film noch einmal von vorne laufen, für den Fall, daß die Zuschauer den Inhalt vergessen hatten. Schurotschka sah sich noch ein paarmal um: Das Mädchen spuckte wieder die Hülsen aus, nun aber bereits ins Leere. Im Lichtstrahl des Vorführgeräts flogen die Hülsen in ununterbrochener Fontäne. Trotzdem war Schurotschka am Ende ziemlich gelockert und zufrieden. Sie ging eben zu gerne ins Kino.

»Tolja«, sagte sie. »Kein schlechter Film, nicht? Warum sagst du nichts?«

Tolja nickte, ja, der Film sei nicht schlecht. Seine Zustimmung kam ein wenig zu schnell. Stumm schritten sie nebeneinanderher. Früher hatte Tolja immer Spaß daran gehabt, über einen gerade gesehenen Film mit ihr zu diskutieren.

Sie kehrten in die Baracke zurück. Das staatseigene ungemütliche Zimmer bot wenig Erfreuliches, aber sie tranken noch einen guten Wein, den Schurotschka mitgebracht hatte, knipsten das Licht aus und legten sich zu Bett. Es war noch ziemlich früh. Sie lagen eine Weile beieinander. Mit einemmal schreckte Schurotschka hoch. »Tolja, ist die Tür abgeschlossen?« – »Ja.« Hinter den Trennwänden drang von beiden Seiten Stimmengewirr zu ihnen. Jemand schritt mit knarrenden Schuhen durch den Flur. Schurotschka erstarrte, meinte, jetzt würde jener Unbekannte vorbeigehen, der so schlimm sein mußte, daß die Leute ringsum sich nicht nur fürchteten, ihrem Tolja zu helfen, sondern sich nicht einmal an ihn heranwagten, ja nicht einmal grüßten, um diesen Unbekannten nicht zu erzürnen. Sie versuchte, sich sein Gesicht vorzustellen. Sie glaubte zu wissen, daß es der Mann war, der am Ende des Flurs gegenüber dem Waschbecken im Zimmer mit der rohen, ungestrichenen Tür und der Nummer sieben wohnte. Sie hätte so gerne wenigstens etwas erfahren. »Tolja, wie sieht er aus?« fragte sie ihn unerwartet. Kurenkow antwortete nicht. Er legte ihr behutsam die Finger auf den Mund, sagte »pst!« und zündete sich eine Zigarette an.

»Tolja, mich friert so.«

»In der Flasche ist noch was drin. Wollen wir es austrinken?« Geschickt schenkte er in der Dunkelheit die Gläser voll. Tastend suchte eine Hand die andere, und sie stießen an. Er rauchte von neuem, streichelte Schurotschka liebevoll die Schläfe, während sie sich die Gesichter der Männer ins Gedächtnis rief, die sie nur flüchtig gesehen hatte, als diese mit dem Handtuch über der Schulter durch den Flur zum Waschbecken gegangen waren. Schemenhaft zogen sie an ihr vorüber wie in einem Film, die Gesichter waren nicht zu erkennen, und über diesen Gesichtern und wehenden Handtüchern schlief sie ein.

Mit einemmal fuhr sie hoch, schlug die Augen auf: Es war stockdunkel (sie begriff nicht sofort, wo sie war), aber Tolja lag neben ihr, Tolja schlief nicht, und sie hauchte: »Komm, Tolja, wir gehen ein bißchen spazieren.«

»Wie?« fragte er verwundert. »Jetzt mitten in der Nacht?«

»Na und?« flüsterte sie zärtlich zurück. »Wir sind doch früher oft nachts spazierengegangen.«

Sie zogen sich an. Die Luft war milde. Morgen muß ich weg, dachte Schurotschka. Uns ist so wenig Zeit geblieben, und auf diese Weise sind wir wenigstens zusammen. Sie wollte so sehr, daß Tolja sich wohl fühlte. Der Wald setzte fast unmittelbar hinter den Häusern ein. Straßenbeleuchtung gab es nicht, und die dunklen Gassen und Häuschen hinter den Zäunen waren im schwachen Mondlicht kaum auszumachen. Schurotschka begann wieder von den Freunden zu erzählen, daß sie an ihn dächten, auf ihn warteten, doch Kurenkow blieb stumm, bis Schurotschka wütend ausrief: »Mensch, was bist du lahm!« Ihre Stimme wurde weicher. »Reiß dich zusammen, Tolja! Noch drei, vier Monate, dann bist du zu Hause. Dann kannst du wieder dein Bier mit den Freunden am Kiosk trinken.«

Er nickte.

Sie gingen und gingen, bis Schurotschka die Füße weh taten.

Am Waldrand machten sie kehrt, sahen wieder durch eine Lücke im Gebüsch das Häuschen, an dem sie bereits vorbeigekommen waren. Licht brannte hinter einem verhangenen Fenster, und jemand spielte Harmonika. Sie schlichen näher heran. Tolja erzählte, daß hier ein solides, ernsthaftes Völkchen lebe, daß die Leute die angesiedelten Häftlinge scheel ansähen, daß sie – scheinbar nur zum Jagen – sogar Berdangewehre im Hause hatten. »O Gott!« entfuhr es Schurotschka. »Ich kann sie verstehen«, sagte Kurenkow. Die Nacht war still, er stützte sich auf den Zaun und lauschte dem traurigen Harmonikaspiel. Schurotschka drückte sich an ihn. Kurenkow rauchte. Da klarte es auf, der Mond hing leuchtend wie eine Apfelsine am Himmel, und plötzlich bellte wütend ein Hund los, der wohl vom Mond aufgewacht war und von ihnen Witterung bekommen hatte. Das Spiel brach ab, ein Mann trat vor die Tür und rief mit einer Stimme, die so gar nicht zu der wehmütigen Melodie paßte: »Wer da?« Die Stille währte scheinbar endlos, nur die Blätter rauschten leise. Mit einemmal war Kühle zu spüren. Kurenkow und Schurotschka machten sich leise davon.

Als sie zur Baracke kamen, war Schurotschkas Müdigkeit wie verflogen. Sie lachte, neckte Tolja, und kaum hatten sie sich ins Bett gelegt, schmiegte sie sich an ihn. »Tolja, ich bin putzmunter.« Sie wollte ihm unendlich gut sein, schließlich war sie nicht jede Nacht hier. Schurotschka gab sich solche Mühe und geriet so in Leidenschaft, daß sie anschließend ganz erschöpft einschliefen.

Während Kurenkow schnell noch ein Brot kaufen wollte, lag Schurotschka sinnend im Bett. Plötzlich sprang sie auf und begann, hastig Toliks Zimmer zu durchsuchen. Es dauerte nicht lange, bis sie ein in einen Lappen gewickeltes Messer gefunden hatte. Sie stöhnte auf, starrte das Messer an und wußte nicht, was tun. Zuerst wollte sie es sofort wegwerfen, aber dann überlegte sie: Wenn sie ins Zimmer eindrangen, es keinen Ausweg gab und er dann wie wild nach dem Messer suchen würde, könnte es nur noch schlimmer werden. Sie war eine Frau, was verstand sie schon davon! Sie wickelte das Messer wieder ein und legte es zurück. Als Kurenkow mit dem Brot kam, fand er sie in Tränen aufgelöst.

»Na, na, was ist denn? Hör schon auf.«

Schurotschka trocknete sich die Tränen und flehte Tolja von neuem an: »Tolja, ich bitte dich, laß dich nicht mit ihm ein, geh ihm aus dem Weg, du bist doch kein kleiner Junge, Tolja.«

»Gut, ich werd mir Mühe geben«, versprach Tolja.

Eine halbe Stunde später eröffnete er ihr: »Ich hab hier ... ein Badehaus ausfindig gemacht. Schrubbst du mir den Rücken?«

Schurotschka stockte das Herz. Wieder heulte sie los. »Natürlich«, schluchzte sie, »natürlich, Tolja.« Sie hatten nicht mehr viel Zeit. Es ging bereits auf Mittag zu, und abends mußte Schurotschka mit dem Bus fort, der sie in endlos langer Fahrt zum Zug bringen würde.

Das Badehaus hatte Tolja bei einer alten Frau für einen Rubel gemietet. Schurotschka äußerte sich zufrieden, lobte Tolja, daß es gar nicht teuer sei und daß sie es für sich allein hätten. Auch die Frau, die bereits angeheizt hatte, fand ihre Zustimmung, weil sie so sauber und ordentlich war. Schurotschka gab ihr nicht einen, sondern zwei Rubel. Längst vergessene Düfte von Kiefernnadeln, vermischt mit Birke, umfingen sie, als sie das Häuschen betraten. Schurotschka lachte glücklich, wurde geradezu übermütig, so wie einen nach langen, quälenden Grübeleien mitunter eine unerwartete Lustigkeit überkommt. Als sie sich auszogen, neckte sie ihn, ob er nicht irgendwelche Tätowierungen von hübschen Frauen auf dem Hintern habe, gleich würde sie es überprüfen. Schurotschka drehte sich um. Tolja saß bereits nackt und teilnahmslos auf der Bank.

»Tolja!«

Er rührte sich nicht, hing ganz seinen trüben Gedanken nach.

»Tolja ...«

Schurotschkas Herz krampfte sich zusammen. Er war so mager wie nie zuvor. Sein Gesicht war dunkel. Der ganze Körper war dunkel. Schurotschka spürte, daß sie Tolja nicht wiedersehen würde. Sie hatte es schon damals gespürt.

»So ein Jammer ... ach, so ein Jammer!« stöhnte sie.

Dieses Bild bot sich: Spindeldürr, klein, verloren saß Tolja auf der Bank, in der anderen Ecke, tränenüberströmt, stand Schurotschka, rund und weiß. Sie war schon immer mollig gewesen, jetzt war sie dick. Schluchzend stürzte sie zu ihm, bemüht, ihn mit ihrem ganzen großen weichen Körper gleichsam zu wärmen, zu schützen und zu verteidigen. Dicht quoll der Dampf. Es wurde heiß. Kurenkow aber saß reglos auf seiner Bank, fröstelnd die Knie aneinandergepreßt, als schäme er sich seiner Blöße, die mageren Hände auf den Knien.

Schurotschka wusch ihn. Gedankenverloren wie ein Kind stand er da, ließ alles mit sich geschehen. Schurotschka schrubbte ihm den Rücken, wusch ihm zweimal den Kopf. Dann seifte sie sich selber ab. Als sie das Badehaus verließen, holte Schurotschka einen Kamm hervor und kämmte ihm die Haare. Der Wind fuhr leise darüber hin, trocknete sie, und sie wurden locker und seidig. Sauber und aufrecht schritt er neben ihr her. Jetzt lächelte er.

Er lief allein in die Baracke, holte Schurotschkas Sachen, und sie gingen direkt zur Bushaltestelle. Sie hatten nur noch eine halbe Stunde Zeit.

Inhalt

›Volk und Welt Spektrum‹

179 Jewgeni Jewtuschenko: Ardabiola. Phantastische Novelle
180 Ein Mord zur rechten Zeit. Kriminalerzählungen
181 Philip Roth: Der entfesselte Zuckerman. Erzählung
182 Arvo Valton: Zugluft. Kurzprosa
183 Pier Paolo Pasolini: Teorema oder Die nackten Füße. Roman
184 Nina Katerli: Die Kollektion des Doktor Emile. Phantastische Erzählungen
185 Urs Widmer: Schweizer Geschichten. Erzählung
186 Jean Genet: Die Zofen/Der Balkon. Stücke
187 Nadine Gordimer: Julys Leute. Roman
188 Boris Vian: Der Schaum der Tage. Roman
189 Anatoli Marienhof: Roman ohne Lüge. Erinnerungen
190 Walter Jens: Das Testament des Odysseus/Herr Meister. Erzählungen
191 Abraham B. Jehoschua: Angesichts der Wälder. Erzählungen
192 Günter Grass: Katz und Maus. Eine Novelle
193 Jorge Luis Borges/Adolfo Bioy Casares: Sechs Aufgaben für Don Isidro Parodi. Kriminalerzählungen
194 Jüri Tuulik: Unter uns Hunden gesagt. Erzählung
195 John Cheever: Kein schöner Land … Erzählung
196 Hubert Fichte: Das Waisenhaus. Roman
197 Valentin Rasputin: Leb und liebe. Erzählungen
198 Stanisław Lem: Provokation. Essay
199 John Bryson: Melodram für eine Heldin aus Plast. Kurzgeschichten
200 Jannis Ritsos: Was für seltsame Dinge. Roman

201 Charles Ferdinand Ramuz: Die Trennung der Rassen. Roman

202 Ramón J. Sender: Requiem für einen spanischen Landmann. Erzählung

203 Sergej Jermolinski: Erinnerungen an Bulgakow. Literarisches Porträt

204 Nagib Machfus: Das Hausboot am Nil. Roman

205 Lu Yanzhou: Die wunderbare Geschichte des Himmel-Wolken-Berges. Roman

206 Thomas Pynchon: Die Versteigerung von No. 49. Roman

207 Enn Vetemaa: Die Nixen in Estland. Ein Bestimmungsbuch

208 Roald Dahl: Kuschelmuschel. Vier erotische Überraschungen

209 Daniil Granin: Die Spur ist sichtbar noch. Novelle

210 Veljko Barbieri: Epitaph eines königlichen Feinschmeckers. Roman

211 Federico Fellini: Das Schiff der Träume/Die Stadt der Frauen. Filmszenarien

212 Das Staubkorn und andere Liebesgeschichten. Erzählungen

213 Ruben Howsepjan: Die karminrote Schildlaus. Roman

214 Jean Améry: Charles Bovary, Landarzt. Romanessay

215 Javier Tomeo: Der Marquis schreibt einen unerhörten Brief. Roman

216 Wolodymyr Drosd: Jossyps Himmelfahrt. Satire

217 Wolfgang Hildesheimer: Mitteilungen an Max über den Stand der Dinge und anderes. Essay

218 Richard Brautigan: Forellenfischen in Amerika. Roman

219 Friederike Mayröcker: Reise durch die Nacht. Erzählung

220 Italo Calvino: Herr Palomar. Roman

221 Wladimir Makanin: Der Ausreißer. Erzählungen